U0374718

当代诗人读

曾国藩《十八家诗钞》

古诗的修行

SELF-CULTIVATION IN CHINESE CLASSICAL POETRY

肖水　王子瓜 —————— 主编

上海大学出版社

图书在版编目(CIP)数据

古诗的修行. 1 / 肖水, 王子瓜主编. —上海 : 上海大学出版社, 2023.7

ISBN 978-7-5671-4760-7

Ⅰ. ①古… Ⅱ. ①肖… ②王… Ⅲ. ①随笔—作品集—中国—当代 Ⅳ. ①I267.1

中国国家版本馆 CIP 数据核字（2023）第 109682 号

责任编辑　庄际虹
封面设计　倪天辰
技术编辑　金　鑫　钱宇坤

古诗的修行. 1

肖　水　王子瓜　主编

上海大学出版社出版发行

（上海市上大路99号　邮政编码200444）

（https://www.shupress.cn　发行热线021-66135112）

出版人　戴骏豪

*

南京展望文化发展有限公司排版

上海颛辉印刷厂有限公司印刷　　各地新华书店经销

开本890mm×1240mm　1/32　印张7.25　字数134千

2023年7月第1版　2023年7月第1次印刷

ISBN 978-7-5671-4760-7/I·687　定价　58.00元

前言：古典诗歌的当代意义

伴随信息科技和现代经济的高速发展，由于语言体系的断裂、新兴内容的挤兑、大众兴趣的转向等，我们似乎正不可避免地驶离古典诗歌。某种对峙、矛盾甚至消解，像一道巨大的深渊横亘在现代化的发展进程和古典诗歌之间。我们不禁会去关心这样一个话题：阅读古典诗歌的意义，是否也在被消解？诗歌作为一门向外观看和凝望、向内观照和叩问、再向外构建和呈现的技艺，通过精致的词句黏合、幽深的结构布局、灵动的行进节奏，重构破碎的时间和空间，再装入内心景观的投射，架设出一个新的世界和秩序。这个新的秩序“忠实于外部现实的冲击、敏感于诗人生命的内部规律”（希尼），对外展现为“文明社会的缔造者，是新世界的立法者”（雪莱），对内则是“对人的生存实境中不可根除的矛盾和困难的和解”（张枣）。与时代链接，诗歌带有某种天然的“神圣感”和“使命感”；而与个人链接，诗歌则展现出其最原始、最真实的生命冲动。

如果说某个人的诗歌代表着个体对时代的凝视和自我的沉思，那么作为跨越时间轴的群体的作品则代表了一段时期内社会群体的整体画像。诗歌不是文明的产物，诗歌就是文明本身。作为代表传统的古典诗歌，就像摆放人类灵魂的寺庙，陈列着我们历代的精神内涵、价值追求和生命思索，而其中更有一些亘古不变、根植血脉的东西。艾略特在《传统与个人才能》里提出，“不但要理解过去的过去性，而且还要理解过去的现存性”，以及应当了解“本国的心灵”。阅读和体悟古典诗歌，实际上已经成为我们在当代探索精神的源流和发展、找寻灵魂的共鸣和悸动、寻求生命的启发和沉思的某种方式。以此作为修行，本身就是一场自我认知、自我反省、自我抵达、自我更新，以及叩问传统、叩问现实、叩问时代、叩问未来的修炼。

2022年深秋，上海大学出版社邀请我们一群年轻诗人探讨曾国藩《十八家诗钞》[①]的现代意义和创造性转化。其实，除却新诗滥觞时期，虽然有许多新诗写作者主动地与传统诗歌断裂，寻找新诗写作更庞大的生命力和更广阔的可能性，开展所谓的“横的移植，而非纵的继承”（纪弦），但事实上传统从未断绝，并深刻地影响了早期新诗的面貌。到了当代，越来越多的写作者意识

① 本书中引用的曾国藩编撰《十八家诗钞》所用版本为同治十三年（1874）传忠书局刻本。

到了古典诗歌的价值，或多或少地从古典诗歌中汲取营养。而《十八家诗抄》这样的作品不仅成为了我们写作技艺和素材的一部分，更在内心更深处的价值取向和审美偏好等方面持续地滋养和塑造我们。

作为晚清著名的政治家、理学家、文学家、书法家，曾国藩在许多方面都有杰出的才能和突出的建树，其编选的《十八家诗抄》不仅体现了对诗歌发展脉络和各家作品有着精准独到的理解，更处处渗透着修身、致学、治世的思想光芒。我们谈古诗的修行，所感受所学习的不仅是文本本身，还有文本背后的作者和编选者的思想。

当燕楠老师提议我们可以从当代人的视角，尤其是当代新诗写作者的视角对《十八家诗钞》做文本解读、内容阐发和体悟书写时，瞬间点燃了我们内心隐秘的火焰。如何以当代的视角（承载了现代化的知识背景和经验基础）观照一批古典诗歌，如何从这些作品中寻找其中与当代隐蔽的联系，以及更深处那些亘古不变的中国文化的精神传统和普遍的人类关怀，如何将传统与当代的诗歌阅读与写作形成相互映衬的对照，给予当代人更多启发和触动，等等。这些正是我们或出于诗人使命，或出于写作需求，或出于修行动机，迫切想去做的事情。于是，便有了这本集子。

参与本次重读的诗人们，生活在不同城市，从事不同工作，但都持续地保持着阅读古诗和写作新诗的习惯，大家有着不同的阅读方式、写作观念和人生哲学。每每一起碰撞，便像燃烧的柴木持续地迸发火花。而这次一起进行古诗的阅读和分享，本身亦是一场有趣的修行。所谓修行，修的是心，行的是路，心是向内的、精神的、形而上的，而路是向外的、物质的、形而下的。修行就是这样一场从心到行、知行合一的历练和成长。透过当代的橱窗，回望历史深处那些伟大的诗篇，我们将能更好地看清和踏稳未来的路。毕竟穿越年岁的轮回，“人生代代无穷已，江月年年望相似”，只有那轮亘古不变的明月，照见历史，照见当代，也将照见未来。

肖　水　童作焉

2023年6月

目录
CONTENTS

上篇：炼就的艺术

下篇：天成的诗心

上篇 | 炼就的艺术

徐 萧

读杜甫

徐萧，诗人、记者，1987年生于辽宁开原。出版诗集《万物法则》（2020）、《白云工厂》（2013），主笔非虚构《笑在生长：让脱口秀成为行业》（2022）。曾获上海市民诗歌节·新锐诗人奖（2022）、复旦“光华诗歌奖”（2011）、北大“未名诗歌奖”（2009）等奖项。2020年参加《诗刊》社第36届“青春诗会”。现供职于澎湃新闻。

超迈的事物不过是天才的道具
——读《望岳》

岱宗夫如何，齐鲁青未了。

造化钟神秀，阴阳割昏晓。

荡胸生层云，决眦入归鸟。

会当凌绝顶，一览众山小。

这是曾国藩《十八家诗钞》所选杜甫五古中的第五首，但它可能是杜甫现存最早的诗作。《游龙门奉先寺》和本诗差不多前后脚，都是开元二十四年（736）杜甫落第后漫游齐赵时所作。有说法认为《游龙门奉先寺》或更早，因为诗的色调比较阴郁，更符合刚刚落第时的情绪。而时间上更为靠后的几首诗，情绪则渐趋平和、闲适、宏阔，《望岳》就是色调转变的起点，所以它应该是晚一点的。有点道理，但也仅仅是有点。要知道，人的情绪并不是线性发展的，也不是逻辑的东西，会随着情境而变动。昨天登泰山而“荡胸生层云”，一时开阔，今晚当然也可以看到“月林散清影”触景生情，又郁结起来。

《望岳》这首诗，大部分国人在高中语文课上都是学过的。那时候老师但讲“造化”“阴阳”句如何对仗，“荡胸”句如何翻译，尾句如何开阔，诗人胸襟抱负如何。如此下来，一首天才横溢的诗歌，变得索然无味。

我对《望岳》重新生发敬意，是自己开始写诗之后，方知别为新声之难。杜甫在25岁时，面对泰山提笔，他既是面对泰山，也是面对谢灵运、李白等人的名篇。“岱宗夫如何”，是对泰山发问，也是对自己应该如何写作泰山发问。只用一句“齐鲁青未了”，杜甫就宣示了自己的出场。此后再有写泰山，就只能转换视角，写大是无法了，没有比“齐鲁青未了”更能言泰山之绵延不绝的了。明人卢世㴶说，试思他人千万语，有加于“齐鲁青未了”者乎？

仅此一句，就足以说明杜甫的天才。只不过李杜齐名，李白的天才太过耀眼，多少是遮蔽了杜甫的天才。其实，李白的天才也对他自己造成了遮蔽：人们但言其天才，而有意无意忽略了其在技艺上的修行。盛名无侥幸，大家都很能打，都是六边形战士。

穷亦可存兼济天下之心
——读《自京赴奉先县咏怀五百字》

杜陵有布衣，老大意转拙。
许身一何愚，窃比稷与契。
居然成濩落，白首甘契阔。
盖棺事则已，此志常觊豁。
穷年忧黎元，叹息肠内热。
取笑同学翁，浩歌弥激烈。
非无江海志，潇洒送日月。
生逢尧舜君，不忍便永诀。
当今廊庙具，构厦岂云缺。
葵藿倾太阳，物性固莫夺。
顾惟蝼蚁辈，但自求其穴。
胡为慕大鲸，辄拟偃溟渤。
以兹悟生理，独耻事干谒。
兀兀遂至今，忍为尘埃没。
终愧巢与由，未能易其节。
沉饮聊自适，放歌颇愁绝。
岁暮百草零，疾风高冈裂。
天衢阴峥嵘，客子中夜发。

霜严衣带断，指直不得结。
凌晨过骊山，御榻在嵽嵲。
蚩尤塞寒空，蹴蹋崖谷滑。
瑶池气郁律，羽林相摩戛。
君臣留欢娱，乐动殷樛嶱。
赐浴皆长缨，与宴非短褐。
彤廷所分帛，本自寒女出。
鞭挞其夫家，聚敛贡城阙。
圣人筐篚恩，实欲邦国活。
臣如忽至理，君岂弃此物。
多士盈朝廷，仁者宜战栗。
况闻内金盘，尽在卫霍室。
中堂舞神仙，烟雾散玉质。
煖客貂鼠裘，悲管逐清瑟。
劝客驼蹄羹，霜橙压香橘。
朱门酒肉臭，路有冻死骨。
荣枯咫尺异，惆怅难再述。
北辕就泾渭，官渡又改辙。
群冰从西下，极目高崒兀。
疑是崆峒来，恐触天柱折。
河梁幸未坼，枝撑声窸窣。
行旅相攀援，川广不可越。
老妻寄异县，十口隔风雪。
谁能久不顾，庶往共饥渴。

入门闻号咷，幼子饥已卒。
吾宁舍一哀，里巷亦呜咽。
所愧为人父，无食致夭折。
岂知秋未登，贫窭有仓卒。
生常免租税，名不隶征伐。
抚迹犹酸辛，平民固骚屑。
默思失业徒，因念远戍卒。
忧端齐终南，澒洞不可掇。

《自京赴奉先县咏怀五百字》(以下简称《咏怀五百字》)是曾国藩选录的第17首杜甫五古。曾国藩比较少见地在诗末写了比较长的按语，划分本诗结构及每部分所写内容。最后发问："诗中极咎君臣欢娱，岌岌有乱离之忧，或禄山反叛已略有所闻耶?"这是古今注本和研究的共识。

《咏怀五百字》是杜甫诗歌中必读的一首。但我年轻时是不要读的，太长了，文辞又艰深。当然读也读不懂，读懂文字了，也万难体会老杜当时的心境。就好像金庸在《倚天屠龙记》后记中说，自己写"张三丰见到张翠山自刎时的悲痛，谢逊听到张无忌死讯时的伤心，书中写得太也肤浅了，真实人生中不是这样的。因为那时候我还不明白"。现在我人到中年，经历三年大疫，家中变故频出，再读此诗，乃稍解其中滋味。

从大结构上来划分，曾国藩将此诗分为三部分是合适的。诗名“咏怀”，故老杜先述其怀抱开始。清人杨伦在《杜诗镜铨》中点评道：“首从咏怀叙起，每四句一转，层层跌出。自许稷、契本怀，写仕既不成，隐又不遂，百折千回，仍复一气流转，极反复排荡之致。”

确实是百转千回，但也确实够绕的。一会儿说要经世济民，一会儿说也想隐入山林，一会儿说自比稷、契，一会儿又说自己如蝼蚁，一会儿说愧对巢父、许由，一会儿又说知道惭愧也不改节。如果不加细察，就会觉得杜甫这个人怎么这么拧巴呢？所以虽然可能有点烦絮，我还是想先把老杜在第一部分是如何剖白心迹的，稍加释读。

杜甫自称布衣，但是当时他是有官职在身的。北大中文系已故教授陈贻焮认为，这里自称布衣，和后面的“与宴非短褐”相对应，是老子说的“被褐怀玉”之意。正如李白说自己是“野人”，是“陇西布衣”，王维说“鄙哉匹夫节，布褐将白头”，都一样，是内心的骄傲。

然后叙述自己少有大志，要和稷、契一样辅佐虞舜，但也知道这理想大而无当、万难实现。虽然自认这个志向是愚拙的，但竟也不能放弃。“白首甘契阔”的“甘”异文作“苦”，显然是不妥的。贫也不改其志当然是“契阔”（辛苦），但杜甫这里要表达的乃是甘之如饴、心甘情愿。杜甫并不是真的觉得自己愚拙，或者说这种愚拙正是他所矜赏的、追求的。

之所以还抱有成为稷、契那样贤臣的希望，就是因为“穷年忧黎元，叹息肠内热”，实是哀民生之多艰。自己都穷困到快无法独善其身了，还要怀着兼济天下的想法，难怪那些早已飞黄腾达的同学要取笑了。在这些同学眼里，兼济天下自然是他们达者的使命。杜甫怎样应对呢？是“浩歌弥激烈”，反而是更加坚定了。

杜甫不是没有想过归隐山林，放浪江湖，但他终究还是没有成为巢父、许由那样的隐者。他给出的理由是碰到了玄宗这样的尧舜之君。玄宗当然和尧舜挨不着边，杜甫心里也一定不这么认为。

因此，他明说朝廷里自有贤臣良相，也不是缺了他杜甫就不行，自己仍然想要走仕宦之途，只是像植物趋光一样，是本性使然，没法改变，实则就是在说庙堂里都是尸位素餐、蝇营狗苟之辈。现实却是这样的人最得势，或者说就是这样的人才会得势。杜甫显然是不善于钻营逢迎、狼狈为奸，所以困守长安十年终不能遂志，又终不能归隐，撂挑子这种事就是嘴上说说，他自己也反问自己：我老杜就是一个微不足道的人物，本应该如蝼蚁一般藏在洞穴里管好自己就行了，为什么又偏偏要向往星辰大海呢？这也是反话。杜甫其实就是觉得自己是“大鲸”，就应该干着“偃溟渤”的事。所以才说虽然明知愧对巢父、许由，但还是不能改节易志。理想很丰满，现实很骨感，这种进退维谷、左右为难的苦闷，只有以酒和歌稍加排遣。

这就是杜甫的拧巴。杜甫的一生都是不自洽的，但他的不自洽不是精神上的不自洽。在精神上，正如《咏怀五百字》所言，“盖棺事则已，此志常觊豁”，只有盖上棺材板那一天，“致君尧舜上，再使风俗淳”的理想才算完事。只要活着，这个志向就不会放弃。不管他说自己是应该如蝼蚁一般也好，还是惭愧于巢、由也罢，都不是真的，真的只有“未能易其节”。

杜甫的不自洽来自他的儒家理想、处世哲学与残酷的现实之间的巨大鸿沟。所以他是不开心的。有追求、有抱负的诗人，大都是不开心的。李白也是不开心的，但是李白的思想来源比较多元，有儒的一面，也有老庄的一面，还有任侠的一面，所以他可以“人生在世不称意，明朝散发弄扁舟”。王维也是不开心的，尽管他本质上还是个儒生，但毕竟还有佛学的资源予以慰藉。只有杜甫，终其一生，都是个纯儒。儒家的规范和准则已经根深蒂固了，但现实是，这套东西没有市场。即便我们前面说，杜甫很可能已经对玄宗成为明君圣主不抱希望了，甚至在诗里明褒暗贬、指桑骂槐了，但若说他完全抛弃了忠君思想、正统观念，那是没有的事，这是强人所难。苏格拉底说，做痛苦的人，不做快乐的猪。杜甫没有这种选择，想都没有想过，他从开始到最后，就只有一条路。

但《咏怀五百字》也的确是杜甫精神世界为之一变

的发端：他开始敢于把批判的矛头指向具体的皇帝了，就是玄宗。杜甫对玄宗有过期待，但是在前往奉先县、路过骊山的路上，破灭了。破灭的证据就是本诗第二部分，老杜极尽笔力呈现骊山君臣骄奢淫逸，然后“中堂舞神仙，烟雾散玉质”明指杨妃、虢国夫人，实则已经无限逼近了玄宗。这实在是很危险的写法。杜甫在这里做出了思想上的进化，用陈贻焮的话来说就是“毕竟让诗歌创作中的现实主义大大地突破了他难免迂腐的政治观点和道德规范”。骊山之下，是一个起点。

这个起点，在肃宗所谓的“中兴”那里稍稍一顿，然后在乾元二年（759）三月杜甫从洛阳返回华州的途中，一泻千里。具体的“君”被高悬，民与国变得愈发具体和重要。这不是本质上的思维革命，但对彼时彼人来说，已经殊为难能了。对待历史人物，一定要在历史的语境下，也一定要在其人具体的处境下，陈寅恪所谓“同情之理解”。

《咏怀五百字》如果止于此，固然可堪“咏怀”二字，但也只得算是二三流作品。我在多年里担任几个高校诗歌奖评审过程中，见的太多类似这种表白心迹、叙说志气、抒发愤怒的作品了，但觉空洞无物而已。《咏怀五百字》第一部分的成立，一定是建立在第二和第三部分的叙事之上的。有其事，才见其情之真。

因为必须要有第二、第三两部分，所以《咏怀五百字》不得不长。或者说正因为长，才能容纳如此巨大的密度和能量。在杜甫之前，“诗无过十韵者”（叶梦得《石林诗话》），没有超过20句的。南京大学莫砺锋教授找到了两个例外，但一则是联章诗，类似今天的组诗，一则可能是伪托古人。不管如何，杜甫之前是几乎不见五言长篇的，即使有也影响甚微。所以，杜甫实在是开了五言长篇的先河。

不要小瞧把五古写长这一点。想要把诗写长，首先得想到可以这么干，也就是做思维定式的突破。第一个吃番茄的人，不单单是勇敢这么简单，而是他动了这东西能不能吃的想法。想到或许可以把五古写长，还要有足够宏大的题材、足够丰富的内容，然后是得有相当的能力驾驭如此绵长的气息，最后还要在谋篇布局上精心规划，方能聚而不散，层层勾联。

所以，杜甫在《咏怀五百字》，以及此后《北征》、“三吏”“三别”等所做的工作，为五言带来了全新的发展格局，同时也让他赢得了“诗史”的声名。

杜甫之所以被称为“诗史”，就是在于他能详陈个体人生经历与时代生活相联系。在个体小历史中见公共大历史，在新诗里就是“当代性”“日常经验”。他“诗史”的叙述艺术最主要的载体就是他的中长篇五古。

在《咏怀五百字》第一部分结束后，自“岁暮”至“难再述”，杜甫迅速由抒情转向了叙事，描写了沿途“所见”。“岁暮”到“不得结”的六句，不仅为诗歌降速和变调，也让诗歌从诗人自伤转向了更为辽阔的空间，如同乐章中的间奏。

第二部分在“朱门酒肉臭，路有冻死骨”达到讽之极。老杜用“惆怅难再述”收束，从写作上来说，与第一部分的“放歌破愁诀”相类似，是无可奈何之法。因为前面的调门已达顶端，难以为继，只能戛然而止，不然弦就断了。但老杜的厉害就在于他能够通过视线的转换，完成结构的转向和音调的变幻。在最后一部分的开头，他又将目光从高邈的庙堂收回到眼前的实况，在意绪上承接“岁暮”六句，再述沿途所见，只不过从景转为了人，而这也是在内容上承接了“彤廷所分帛，本自寒女出”和“朱门酒肉臭，路有冻死骨”。

至“行旅相攀援，川广不可越”，则在时间线上和物理距离上迫近家门，自然而然进入对个人生活的呈现。“入门闻号咷，幼子饥已卒”，个人命运之凄惨紧承“黎元”之凄惨，但杜甫之所以是杜甫，就在于此时此景下，他总能延伸出去：“生常免租税，名不隶征伐。抚迹犹酸辛，平民固骚屑。默思失业徒，因念远戍卒。”所谓反躬自省，所谓推己及人，而这也是老杜“肠内热”的一以贯之，他不改其志的一以贯之。

读到这里，我也跟着眼眶一热，情难自已，正如以前读屈原“亦余心之所善兮，虽九死其犹未悔”。就是啊，谁规定穷就要独善其身，一定要达才能兼济天下？我曾看过一个短视频，一个乞讨者把讨来的钱放进了盲人乞讨者的碗里，当时心中一下子就涌出“平凡的人总是给我最多感动”那句歌词。现实中，这种自己艰难困苦仍存仁善助人之心、仍为济天下之举的人，并不鲜见。

近来有个说法，叫别关注远方的苦难，关心身边具体的人。意思很好，主要是针对那些整日在网上指点江山，朋友圈里动辄就慷慨激昂，然而对身边人漠不关心，也没有力所能及的行动的现象。但是被片面理解后逐渐变了味，反而成了攻击理想主义的刀子。杜甫也不能免，被按上了“负能量”的帽子，殊可叹也。

熟悉是大敌
——读《贫交行》

翻手作云覆手雨，纷纷轻薄何须数。

君不见管鲍贫时交，此道今人弃如土。

杜甫的七古，曾国藩一共选录了146首，这是第三首。我不是很理解，如此乏味的诗，或者说没有新意与亮点的诗，为何能入选？

全诗前两句描摹“今人”交友的“轻薄”状态，后两句引管鲍之交，慨叹古风不存，一正一反，反复咏叹。诗是歌行体，但只有短短四句，所以王嗣奭《杜臆》说，语短而恨长，亦唐人所绝少者。

就这？慨叹几句世风日下、人心不古、世态炎凉就能成为好诗？“翻手为云覆手为雨”“弃之如土”，这种我们再熟悉不过的滥调也能入诗？

但当我仔细一查，才发现原来翻手为云覆手为雨、弃之如土，之所以成为我们耳熟能详的“滥调”，恰恰是自杜甫始。也就是说，这两个表达，是杜甫发明的，就是在这首诗里。

熟悉实乃理解之大敌。因为杜甫的这些发明，已经融入我们的日常语言，太熟悉了，所以再读这首诗时就毫无新鲜感了。赵翼说“李杜诗篇万口传，至今已觉不新鲜”，也是这个意思。

这就是我们一直强调什克洛夫斯基（Viktor Shklovsky）“陌生化”理论在艺术创造当中重要性的原因。但是在什氏之前，杜甫其实早就表达过类似的观念，所谓“为人性僻耽佳句，语不惊人死不休”（《江上值水如海势聊短述》）。这样的诗人，怎么会不知道“新”对一首诗的意义呢？

在有唐一代诗人当中，甚至在整个古典世界，杜甫可能是最具有艺术探索精神和能力的诗人。他有很多诗歌都是在探讨诗的写法，按今天的说法，是“元诗”——关于诗的诗。这可能就是相比于李白，我的很多诗人朋友们都更钟情杜甫的原因。杜甫和李白当然都是诗歌的天才，但是杜甫的天才是有迹可循的，李白的天才则直如羚羊挂角，无章法可依，所以朱熹说“杜诗可学，李诗不可学”。

说回本诗。由熟悉造成新鲜感的丧失，不只是语言上的熟悉，还有情感上的钝感。今日国人对于人情淡薄、世态炎凉，已经不大会如此愤懑了。在今人心中，大概已经默认了这是常态。“君子之交”“管鲍之交”这种稀缺的精神，我们已经不太敢奢求了。

杜甫那个中古时代，距离拥有这些稀缺精神的时代相去不远。这些稀缺精神表现最为集中的时代是先秦。那是许由、颍考叔、介子推、柳下惠的时代，是曾子、尾生、屈原的时代，是齐太史、晋董狐的时代，也是聂政、豫让的时代。那个时代固然也有极其无耻、败坏的人，但更加闪耀的是重诺轻生、舍生取义的精神。时移世变，汉魏两晋时人虽然愈发习得了聪明机巧，但依然葆有先秦人"愚拙"的一面，留下了鸡黍之交、胶漆之交、杵臼之交、嵇康与山涛绝交、荀巨伯远看友人疾、陈太丘诣荀朗陵这样的美谈。

写下"君不见管鲍贫时交"时，杜甫脑子里想必正一遍遍闪回着这些故事和人物。这是他定义朋友之谊的资源，也是他所奉行的准则。长安十年，他感受到的却只是势利之交、"轻薄"之人，怎能不失望、愤懑？

杜甫因而放弃了对人性的期待吗？似乎没有。在与人交往时，杜甫依然改不了至情的一面。与高适认识不久，在其赴任河西节度使哥舒翰幕府掌书记时，就写诗相送，更有"常恨结欢浅，各在天一涯。又如参与商，惨惨中肠悲。惊风吹鸿鹄，不得相追随。黄尘翳沙漠，念子何当归"这样情深意长的表达。与王维不见深交，却在其危难之时，雪中送炭，写下《奉赠王中允维》一诗，为其辩白。也是不长记性了。

杜甫显然知道，趋炎附势、嫌贫爱富才是当时的主旋律。这首诗与其说是发泄愤慨，不如说是一种鲜明的表态：人人弃之如土的贫交之道，我却依然视之如金玉。

这种容易掏心掏肺的性情，当然让杜甫免不了受伤，但也为他带来了回馈。他流落秦州、成都、梓州、夔州、荆州、长沙等地时，正是因为有赖于朋友的帮助，才得以度日。

纵观杜甫一生交游，只有六个字：有朋友，无敌人。

九重宫阙上的小燕子

——读《奉和贾至舍人早朝大明宫》

五夜漏声催晓箭，九重春色醉仙桃。

旌旗日暖龙蛇动，宫殿风微燕雀高。

朝罢香烟携满袖，诗成珠玉在挥毫。

欲知世掌丝纶美，池上于今有凤毛。

这是曾国藩所选杜甫七律中的第八首。诗成于收京后第二年，即肃宗乾元元年（758）。此时朝廷制度礼仪正在恢复，肃宗君臣似乎已然忘记了广大尚未收复的地区和处在水深火热中的人民，也忘了上一年已经明面化的派系斗争，急急忙忙营造一种“中兴”之象。

杜甫出任左拾遗，官不大，但是京官，是近侍，所以那阵子心情不错，感觉朝着登上“要路津”迈进了一步，想必也又看到了“致君尧舜上，再使风俗淳”的希望。

一天，中书舍人贾至在上朝之后，见到一片升平祥和气象，兴奋之下，写了一首《早朝大明宫呈两省僚友》的诗。杜甫作为“两省僚友”，与有荣焉，于是心甘情愿地写下了这首和诗。王维和岑参也写了。可能还有其他僚友，但留下来的就这四首诗。

这四首诗能流传至今，原因很多，其中一个比较重要的，我看还是这类诗在古代还是很有市场的，很有用的。从类型来说，它们属于宫廷诗，也是应酬唱和诗，既能满足拍皇帝马屁的需求，又能满足官员社交的需求。从质量上来说，这四首诗写得花团锦簇、珠圆玉润，是最好的宫廷诗，所以后来很多人都学它们。

四首诗放在一起，自然要比较优劣，不同人从不同角度出发，评价自然也不同。但是以今天的眼光来看，这四首其实都大差不差。贾至写“银烛朝天紫陌长”，岑参就写“鸡鸣紫陌曙光寒”；贾至写“衣冠身惹御炉香”，王维就写“香烟欲傍衮龙浮”；贾至写“禁城春色晓苍苍”，杜甫就写“九重春色动仙桃”。反正都是银烛、紫陌、御炉、香烟，要么就是天啊、仙啊、龙啊、凤啊的，极尽华美，极尽粉饰。当然像王维这种“九天阊阖开宫殿，万国衣冠拜冕旒”，只从技艺和气象来说，确实是好的。中学时的我，语文考试出题让我选哪句是描写盛唐的，不管其他是啥，我一定会选这句。可惜，这是假的。

杜甫还是不同的。他的不同就在于“旌旗日暖龙蛇动，宫殿风微燕雀高”这一句。在大明宫，王维看到的是“九天阊阖”，想到的是“万国衣冠”。杜甫呢，除了龙旗，还有那雕梁画栋上的小小燕雀。也不必硬说老杜始终兼具底层视角啥的吧，但燕雀这种别人断然不会在此时写进诗的意象，能进入杜甫的视野，能被妥帖地安排进这样华丽的篇章，就是杜甫的能力，一种能为不同的能力。

几年前，我和肖水一起写同题诗，轮流出主题词，什么塑料袋、药丸、凝视、怀念、孟子、内卷，五花八门。这些主题词下，每次我不知道他会如何去写，他也断然猜不到我会如何去写。我们当然不敢说写得多好，但是对创造性表达、陌生化书写的追求，已经内化为一种不言自明的前提了。我想这才是同题竞技的有趣之处。

仅附一组。

徐萧出主题词：波洛克

《编号1A》法则

徐萧

我在沙发上看书，拿铅笔勾画一些句子。
作者似乎很看重这些文字，通过加粗提醒注意。

女儿摇晃着走来，晃动的幅度刚刚好，
两只小手上下摆动，阳光插空照到书上。

我隐约觉得它们之间必有关联时，
女儿已抓起笔，如同溺水者抓着一根浮木，

搅动屈从于重力的水流。
她画出的线条，并没有什么特别，或许已经

无数次出现于其他孩童之手。
但我仍为这第一次所慑：轻的如糖霜，

重的似虬髯，
轻重之间，甚于赵孟頫的飞白。

恍惚中，她把笔尖对准了自己的嘴巴，
我赶忙扔掉书，一把夺过。

回头再看，在女儿创造的乱象中，
我循规蹈矩的勾画，竟愈发强烈而清晰。

2020.12.9

野风娱人

肖水

在戈壁公路上，跑了很久。前面，泥河冲垮桥洞，车不得不

涉水而行。他乘机捡了几个奇形怪状的石头。到达阳关，他偷偷

将它们塞进了墙缝。天上的云，毫无戒备，人间事如一刀纸

修长的毛边。他站在减弱的光线里，等月亮变白、昼与夜相连。

2020.11.16

伟大的不遇
——读《崔氏东山草堂》

爱汝玉山草堂静，高秋爽气相鲜新。
有时自发钟磬响，落日更见渔樵人。
盘剥白鸦谷口栗，饭煮青泥坊底芹。
何为西庄王给事，柴门空闭锁松筠。

一、两种人生，一样朋友

这是曾国藩所选杜甫七律的第21首。此诗和《奉和贾至舍人早朝大明宫》一样，写于乾元元年（758）。前后短短几个月，而心境天差地别。因他疏救房琯而失圣心，在六月被贬为华州司功参军。大概在十月，又离官，离开长安，到了东都洛阳。

在离开长安的途中，杜甫受崔兴宗之邀，在重阳节那天到其庄上做客，写下了《九日蓝田崔氏庄》。结束后，杜甫顺道去拜访当时在辋川的王维，没见着，于是写下了这首诗。

为什么会没见着呢？有个叫何大草的作家，原名何平，是四川师范大学文学院的副教授，他写了本有趣的书，叫《春山：王维的盛唐与寂寞》。在这本呈现王维人生最后一年与裴迪共度的小说中，作者以王维之口给出“柴门空闭”的原因：故意躲着不见。

“我见了他，他也就写不出这样的佳句了。他好诗不多，这两句（指尾联）倒可以流传。”还说杜甫只是顺道，又不是存心拜访。

虽然是想象，但大概代表了这个作者对杜甫和王维关系的看法。我倒不觉得王维是故意躲着不见杜甫，但是很同意他对杜、王关系的分析，更同意不遇能生出佳句的看法。

杜甫和王维是两类人，这是无疑的。

王维家世煊赫，父系一族出自太原王氏，母系一族是博陵崔氏，均属五姓七望，是中古时代贵族中的贵族。只不过王维一支祖上并没有出过什么大官，最高也就是从五品下到正六品下的州司马，而且远离中枢，和京城的达官贵人不可同日而语。但毕竟父祖久在仕宦，家庭条件虽不豪奢，也足够优渥。王维自小顶着名门望族子弟的名头，衣食无忧，家族文化积淀更是浓厚。尤其是王维自幼随师从大照禅师的母亲学佛，学得很是正宗，所以他不仅熟悉典籍、见解精深，更是建构了支撑其一生的一大精神内核。

王维幼年失怙，几岁时父亲就没了。三十而立，妻子又殁。五十知天命，上天又带走了他的母亲。他的仕宦经历不能说坎坷，但也很难说顺遂。他也有给宰相张九龄献诗的时候，但并不汲汲营营。他也遭遇过重大危机，差点因为出任安禄山伪职而被重责。何大草说，“他思进，但也能逆来顺受；意愿是向上走，但下坠时还能稳住神。他的诗中有喜乐，却没有狂喜；有忧伤，但没有悲愤”。这就是王维给人的感觉，始终是从容的、澄澹的，即使世变时移，即使个人浮沉，其精神波动的幅度始终是微小的。

究其原因，主要是家世的积淀和佛学的浸润。家世优渥，钱财无缺，则不必折腰；家学深厚，书画音律等等才情得以挥洒，得以名盛开、宝，以至“豪英贵人虚左以迎”。这些都是他面对挫折时的底气，当然最大的“底气”还是来自佛学带给他的内在笃定：世间万事，好事破事，一如梦幻泡影罢了。

杜甫的家世与王维甚为相似。祖上也阔过，但那要上溯13代到晋代名将当阳侯杜预了。入隋以后，杜家出的大都是小官，县令、县尉、员外郎之类的，比如杜甫的祖父杜审言，只是做到洛阳丞，父亲杜闲也不过是兖州司马、奉天令，和王维父亲的官阶差不多。更巧的是，杜甫的母亲也是崔氏，不过和王母的博陵崔不同，杜母是清河崔。王维是早早没了爸爸，杜甫则是早早没了妈妈。一则失怙，一则失恃，也不知哪个更可悯。

但是杜甫毕竟与王维是不同的。首先杜家没什么钱，“少小多病，贫穷好学”（《进封西岳赋表》）。老杜家空有响当当的祖先名头，却实在是破落的下层寒门，其穷困愁苦的基调，似乎自此奠定。当然杜甫也有绮丽梦幻的童年时光。他曾在6岁时看过公孙大娘舞剑器，也曾有过“健如黄犊走复来”“一日上树能千回”的时光，但这样的时光还是太少，更多是“七岁思即壮，开口咏凤凰”，或者“脱略小时辈，结交皆老苍”。(《壮游》）人家骆宾王7岁咏鹅，杜甫7岁咏凤凰，口气很大，当然小孩子大言炎炎也不一定作准，但15岁就不跟小伙伴玩耍了，结交的是崔尚、魏启心这样的“老头子”，一来说明杜甫这小孩的才学被注意了，二来说明杜甫确实少年老成。

杜甫从小心思深沉，大概来自原生家庭带给他的两种使命感：一是他肩负着重振祖先杜预基业的家族使命感，一是他接受儒学教育而种下的治国平天下的政治使命感。他在《进雕赋表》中说：“预以降，奉儒守官，未坠素业矣。”他心心念念地是要继承乃至重现杜预开创的家族荣光，起码是“不坠”。如何“不坠”，最基本的就是“守官”，所以杜甫对仕宦是非常执着的，以至于写了不少干谒诗。杜甫的干谒诗，前期写作对象一般都名声很好，后期因处境愈发困窘，对象也没得挑了，以至于出现了杨国忠亲信鲜于仲通这样的小人。

但杜甫对于功名的执着，不是那种官迷，也不为求财。“守官”只不过是他为实现不坠祖业和“致君尧舜上，再使风俗淳”这一政治理想的方式。陈贻焮在《杜甫评传》里分析，“奉儒”还在“守官”之上，意味着杜甫更看重奉儒，也就是说要通过做官来推行儒家之道。即使自己没有机会实现这个理想了，他仍寄托于朋友：“致君尧舜付公等，早据要路思捐躯。”（《暮秋枉裴道州手札率尔遣兴寄递呈苏涣侍御》）

杜甫的儒家之道直接承自孔孟的先秦儒家思想，而不是汉儒的东西。他忠君但并不那么愚蠢，因为在先秦儒家那里，还有比君更重要的人民和社稷。他的思想也是随着时代和个人经历而发展变化的，正如前面《自京赴奉先县咏怀五百字》所述。

因此说，杜甫与王维的精神世界是大不相同的，两人的性情、行事也是迥然有异的。但他们仍然是可以互相理解的，也是存着情谊的。因为人生在世，相知和相亲从来就不是必然依存的，天天在一起的朋友不一定懂你，懂你的人未必相识，甚至未必是朋友，比如最懂关羽的，可能是吕蒙；最懂袁崇焕的，大概是皇太极。

有时候，有些人，远观时则思之敬之，相处时则索然无味，还可能难受得要命。有时候，旨趣相通可以成为朋友，旨趣不同也可以成为朋友。

王维大概不太能理解杜甫，他的人生哲学容不下那么浩荡深刻的愁苦，所以我们看不到王维写给杜甫的诗。他可能偶尔会欣赏杜甫的诗才，但绝不会像杜甫那样写诗，甚或心生厌烦，嘲讽“穷酸”“小家子气”。我们说杜甫忧国忧民，怎么会小家子气呢？要知道王维更多时候，面对的并非人事，他还在面对着一个超验的世界。面对万物，人事自然是小。

杜甫可能也会有觉得王维“小”的时候。王维的“超脱”，在杜甫眼里，大概也不过是个人精神世界的丰盈。脱不出个人，也很难称之为大。

但是杜甫还是能欣赏和喜欢王维的，因他毕竟是一个包容性很强的人。他的世界容得下孟浩然、李白、王维，容得下玄宗、杨妃，也容得下地方绅士、乡野秀才；他能结上也能交下，跟老苍玩也跟少年游。他总能发现别人身上的好，愿意用情，甚至动不动就哭，是个走心的水瓶座。

所以在王维被赦免、降为太子中允后，杜甫写了《奉赠王中允维》，是宽慰，是自白，更是辩护。王嗣奭《杜臆》说这首诗简直就是一封为王维辩冤的奏疏。前面说过，这时候的杜甫也不好过，不久前就因为上疏救房琯而被贬官外放。他本应该在此时闭嘴，但是他没有。

其中“共传收庾信，不比得陈琳。一病缘明主，三年独此心”，说王维归唐肃宗是梁元帝收庾信，而不是魏武帝接纳贰臣陈琳。虽然王维不得已接受伪职，但已经诈病辞剧，又写了《凝碧池》表忠心，正如卓文君写《白头吟》表一心不二一般。《杜臆》说，公之乐成人之美如此。

我想58岁的王维读到这首诗，大概是感喟又感动的：知我者子美也。不过，末了可能还是会补一句：陈琳就没必要提了。

二、“只要想起一生中后悔的事，梅花便落了下来”[①]

王维蒙宥复官，但内心似乎还是有些不安乃至惭愧的。所以那段时间，他已不复昔日那般长时间与裴迪啸咏于辋川了，而是经常在京师施寺饭僧，大做慈善。退朝后，则焚香独坐，“奉佛报恩，自宽不死之痛”（《谢除太子中允表》）。

那么杜甫前往辋川时，王维不在，并不是什么稀奇的事。杜甫心中当然也清楚，王维不大可能是躲着不见他，更不会因为什么不是特意拜访而介怀。

“何为西庄王给事，柴门空闭锁松筠”，这两句略带嗔怪口吻的尾联，被很多注疏解读为是在嘲讽王维。比如明人张綖引王维《积雨辋川庄作》，说末句“谓海鸥何事相疑，尚似机心未忘。无怪乎公（杜甫）之怪叹给事”，说杜甫叹息王维不能完全抛开名利，来此真隐。这就是典型的不知人亦不知诗，过度解读。果真如此，杜甫又何必给王维出“试诵《白头吟》”这样向肃宗剖白心迹的主意？杜甫自己就在红尘，又站在何种立场劝王维跳出藩篱？

比张綖晚些的朱鹤龄则要高明许多，说：“公赠维

① 张枣《镜中》句。

诗：‘穷愁应有作，试诵《白头吟》。’维之再仕必非得意者，故以此柴门空锁讽其归老蓝田也。”这里的讽，不是讥讽，而是劝。朱以善意揣度杜甫，认为杜甫是出于王维再仕不得意，是同情，不是什么忘不了机心名利的嘲讽。清人浦起龙则更进一层，认为杜甫不是真的责怪王维，只是起了都是谪官失意、同病相怜之感。

回到开头所引何大草小说里的说法，“我见了他，他也就写不出这样的佳句了”，所以不管讽劝还是相怜，都是缘起于没见着。

相比得到、遂愿，得不到、遗憾，往往更能生发出诗情。由不遇而引起的情思和佳句，在古典时代，屡见不鲜。比如孟浩然的《寻菊花潭主人不遇》、李白的《访戴天山道士不遇》、韦应物的《休假日访王侍御不遇》、皎然的《寻陆鸿渐不遇》、许浑的《休假日访王侍御不遇》、韩翃的《寻胡处士不遇》、方惟深的《谒荆公不遇》、魏野的《寻隐者不遇》……当然，流传最广的还是贾岛的《寻隐者不遇》。（哦，对了，李白《访戴天山道士不遇》中的“林深时见鹿”现在广受文青喜爱，硬是接了什么“海蓝时见鲸，梦醒时见你”。写这两句的人，显然不认得“时见”这个词。再说句题外话，相识的一位80后诗人，我一直有些嫉妒他的笔名，恨不能据为己有。他叫唐不遇。）

很长一段时间，我不是很能理解贾岛这首寡淡的诗好在哪里。后来写叙事短诗，总是不自禁想起贾岛这简单的四句，渐知其布局之精巧、意蕴之幽深：全诗一问三答，实则后三句是以答代问，答中藏问。情绪跌宕起伏，始终处于可见与不可见之间。读者跟随访客忽而充满希冀，忽而转为紧张，至“云深不知处”而终不可见，怅惘之情随松风白云而杳然悠长，是意蕴之幽深。

这种“不遇”的写法，与前人乃至后人都是大为不同的。其他人都大致可归为主写不遇之后的所见所感，只有贾岛直写不遇。其他多即景抒情，只有贾岛专注于叙事。

杜甫又是不同的。首先他聚焦的是不遇之前，也就是来路之所见。然后他最想说的话，当然就是最后两句，他最想说的事也是访王维而不遇。但他并不直陈其事，连题目都没有“不遇”。他也不是如其他人一样，写所访居所的环境，而是如题目“崔氏东山草堂”一般，把目光放在了别处。浦起龙在《读杜心解》中说他“手写此而神注彼”，一切的布置，都是为了凸显最后的反问：有此乐土，云胡不归?

在前六句里，杜甫调动了强大的感受力，从整体环境到局部聚焦，从气味、声音、颜色等各个方面营建了一方乐土：东山静寂，秋气鲜新，山寺钟音，渔樵晚霞，白鸦谷的粟，青泥坊的芹，甚至剥粟的声音、煮饭的烟火也顺利抵达阅读者的思维。

这么好的地方，难怪王维、崔季重、崔兴宗、裴迪等都要来此隐居。但是现在呢，为什么西庄不见王摩诘，松竹自碧无人赏？看到那紧闭的柴门，想着来路的盛景，不遇的遗憾之情逐渐转为了担忧、同情，继而再转为自伤。

这种种情绪逐渐内化，在王维去世后，在老杜苦闷之时，又翻涌起来。他写《解闷十二首》，里面只怀念追忆了薛璩、孟云卿、孟浩然和王维四人而已。怀王维，竟开口便是："不见高人王右丞，蓝田丘壑蔓寒藤。"可见那一次蓝田辋川不遇，在老杜心里留下了多么浓烈的印记。

情感浓烈，是古人相交的一大特点。因为关山路远，雁书每断，每一次见面都可能是最后一面，每一次拜访都可能不遇。今时一切都太过容易，从高铁到飞机，从电话到视频，距离和时间的尺度与古人都有天壤之别，这些都在削弱着我们情感的浓度和感知力。试想李商隐如果有手机，一定写不出《夜雨寄北》。

我们在失去不遇的遗憾，同时也在失去相聚的珍贵。从这个角度来说，疫情三年竟然造就了一种新的"不遇"，人们因而重新习得了珍惜。

这首诗在杜诗中并不是那么著名，各种杜诗选本多选前一首《九日蓝田崔氏庄》，因为写得更工整、更漂亮，但是我却更喜欢这首。曾国藩不舍此诗，我对他又亲近了一层。最后附一首三年前读此诗后的致敬之作。

读杜甫《崔氏东山草堂》与劳作

比爱更早的，是备孕的松音。因为鲜，它被选为灯笼的

使女。又因为一次微小的窃取，再无人对其效仿[1]。

仿佛瘟疫下，警笛和竹笛轮番接管

“月亮病房”。初一食粟，初五青泥佐战粟。

中间全是野鸢尾利刃，嘁嘁嚓嚓切碎肺叶牡丹俗艳，

以东山搅拌帝国的西山，制备一杯寂静之饮：

1973年[2]的等待+失落©牌疫苗，依然保有在忙音后析出夜雨的权利。

2020.10.20

① 阿多尼斯（Adunis）《请告诉我，黄山》：“松树是在空气的田野随心所欲耕耘的女工，但愿人们效仿它们。”

② 是年，马丁·库帕（M. L. Cooper）发明世界上第一部移动电话。

细律与失范
——读《秋兴八首》

玉露凋伤枫树林，巫山巫峡气萧森。
江间波浪兼天涌，塞上风云接地阴。
丛菊两开他日泪，孤舟一系故园心。
寒衣处处催刀尺，白帝城高急暮砧。

夔府孤城落日斜，每依北斗望京华。
听猿实下三声泪，奉使虚随八月槎。
画省香炉违伏枕，山楼粉堞隐悲笳。
请看石上藤萝月，已映洲前芦荻花。

千家山郭静朝晖，日日江楼坐翠微。
信宿渔人还泛泛，清秋燕子故飞飞。
匡衡抗疏功名薄，刘向传经心事违。
同学少年多不贱，五陵衣马自轻肥。

闻道长安似弈棋，百年世事不胜悲。
王侯第宅皆新主，文武衣冠异昔时。
直北关山金鼓震，征西车马羽书驰。

鱼龙寂寞秋江冷，故国平居有所思。

蓬莱宫阙对南山，承露金茎霄汉间。
西望瑶池降王母，东来紫气满函关。
云移雉尾开宫扇，日绕龙鳞识圣颜。
一卧沧江惊岁晚，几回青琐点朝班。

瞿塘峡口曲江头，万里风烟接素秋。
花萼夹城通御气，芙蓉小苑入边愁。
朱帘绣柱围黄鹄，锦缆牙樯起白鸥。
回首可怜歌舞地，秦中自古帝王州。

昆明池水汉时功，武帝旌旗在眼中。
织女机丝虚夜月，石鲸鳞甲动秋风。
波漂菰米沉云黑，露冷莲房堕粉红。
关塞极天唯鸟道，江湖满地一渔翁。

昆吾御宿自逶迤，紫阁峰阴入渼陂。
红豆啄余鹦鹉粒，碧梧栖老凤凰枝。
佳人拾翠春相问，仙侣同舟晚更移。
彩笔昔曾干气象，白头吟望苦低垂。

这是曾国藩所选杜甫七律中的第91—98首。我最早完整读这组诗，是在大学一二年级时，读诗人马骅所写的《秋兴八首》后，找来原诗读。马骅是复旦诗社史上最著名的诗人之一，因为在云南德钦县支教过程中，意外坠落澜沧江而成为传奇。他以老杜此诗为引而写的同名诗，是其比较早的作品，无甚可观。但从此，《秋兴八首》成为萦绕我心头的幽灵，每当我写组诗的时候，总要想起它，想起它在结构上的营建、逻辑上的分明。

《秋兴八首》结构上的精密，已经被说烂了，以金圣叹最具有代表性：道他是连，却每首断，道他是断，却每首连，倒置一首不得，增减一首不得。所以很多选本只选其中一二，只能说是不知诗。今日某些诗歌刊物上看到组诗节选，我是不读的。我的组诗要节选才能刊登，我也是不大愿意的。如果节选能尽意，何必有其他章节？何必煞费苦心，步步运筹，句句精心？所以读《秋兴八首》，首先是要看老杜的经营建构，读他的章法，如何“章虽有八，重重构摄”。

后世对《秋兴八首》的肯定，另一个原因就是它在格律上的工整，引为词宗。杜甫对格律诗，尤其是七律的贡献，很多学者讨论过，比如赵昌平的《初唐七律的成熟及其风格溯源》，认为七律就是成熟于杜甫。在杜甫之前，七律的格律还不规范，即使最好的七律，像崔颢的《黄鹤楼》、李白的《游金陵凤凰台》都是不合乎平仄的。

“晚节渐于诗律细”(《遣闷戏呈路十九曹长》)，是杜甫对自己晚年在格律诗上的自信。自信之外，也说明杜甫早年的诗歌中存在过某些“不细”之处，而“渐于”二字，恰恰说明杜诗由“不细”到“细”的变化，确实经历了一个艰苦而漫长的演变过程。

另一方面，非常有意思的是，杜甫在“渐细”的过程中，也有很多“失范”。但这与崔颢、李白不同，他们是无意，因为七律还没建立标准；杜甫是有意，是为了打破形式上的束缚而进行的冒险，是实验和探索。

比如《白帝》:“白帝城中云出门，白帝城下雨翻盆。高江急峡雷霆斗，古木苍藤日月昏。戎马不如归马逸，千家今有百家存。哀哀寡妇诛求尽，恸哭秋原何处村。”从格律上看，这首诗第二句第二字处应平，却用了仄声字“帝”，既与第一句失对，又与第三句失粘，严重不合律。杜甫是明知道如此，但为了表达的需要，他主动选择让律诗的规范退居二线。作为一个写作者，这是读杜诗最值得注意的地方之一。

对于今天的一般读者，无论是细密也好，还是失范也罢，有意无意的，都没多大意义。今之一般读者，在读古典诗词时，还是读一个审美体验，所谓情和意。没人在读“黄鹤一去不复返，白云千载空悠悠”时，会去思考“空悠悠”是三平调，不合律。我们在阅读时，能够接收到诗句试图传递的失落感和怅惘感就很好了。

很多古典诗歌，也包括部分早期现代诗歌，随着世界景观和人类观念变化后，在审美上都失效了。古人描述的那些场景、那些物象，已不在我们的日常生活和我们的经验之中，它们最多只是我们的文化积淀，我们无法在最直接的感官上与它们相连接。比如《秋兴八首》第一首中，“玉露”“巫山”“丛菊”“孤舟”，它们更多是我们习得的文化想象，而不是体验的日常景观，所以文字流过眼睛，大多数时候就只是流过，我们必须要调动很强的主观意识，才能在思维上感知到它们的形象。

但是好的诗歌，总是能抵御时代对诗意的消耗。即使我们对过去的事物缺乏感受力，它们仍然依靠彼此间激荡的磁力，吸引我们沉浸。《秋兴八首》就是这样，杜甫的很多诗歌都具有这样的能力。老杜写的虽然是一千多年前他的个人经验和时代经验，但是聚焦的是人类普遍的情感。这就是杜诗的当代性。

对《秋兴八首》，当然也有不满意者，甚至大加挞伐者，比如冯至、萧涤非，认为它文字上太过华丽，不如杜甫以前的诗。这种批评是没道理的。文字是华丽，还是朴拙，是和所写内容相互动的。杜甫在《秋兴八首》中，回忆盛唐气象，写盛世盛景，文字上丰丽些，无可厚非。杜甫这样写，实则是寓情于景，以过去的丰丽衬托今时的悲凉，“其有感于长安者，极摹其盛，而所感自寓于中”（张綖语）。所以当初在读这组诗时，我在惊叹杜甫的表达方式的同时，并没有在思维和情感上感到匮乏。

这两年长时间困守家中书房一隅，写作间隙开窗抽烟，每日对着十几米高的一株杨树，看它叶子掉光，看它长出新芽。有次秋日晴空，它的叶片在阳光下闪闪发亮，“玉露凋伤枫树林”却自动来到嘴边。我很诧异。后来读了金圣叹对这句的解读，才明白白露在红叶上闪闪发亮，如此美景，在杜甫心里只是“凋伤”而已。那天前夜，我刚刚知道远在海外的母亲得了德尔塔。

在情感的边境永居
——读《成都府》

翳翳桑榆日，照我征衣裳。
我行山川异，忽在天一方。
但逢新人民，未卜见故乡。
大江东流去，游子去日长。
曾城填华屋，季冬树木苍。
喧然名都会，吹箫间笙簧。
信美无与适，侧身望川梁。
鸟雀夜各归，中原杳茫茫。
初月出不高，众星尚争光。
自古有羁旅，我何苦哀伤？

这是曾国藩所选杜甫五古中的第122首。乾元二年（759）十二月一日，杜甫从甘肃同谷县出发，取路栗亭，南入郡界，历当房村，度木皮岭，由白水峡入蜀，一路纪行。

12年前的8月，我从上海出发，一路经江苏、河南、陕西，过秦岭而到成都。原本只有30多个小时的车程，但是在河南、陕西境内，一路暴雨，接连塌方而导致停车，竟然用了56个小时才到。其中在青石崖，塌方就在火车前一百来米，我们在那里停了整整一下午，空调也停了。虽比不得杜甫一路艰险辛苦，但也足够让我记忆深刻了。

我对这次入蜀之行，之所以念兹在兹，最主要还是因为入蜀的缘由和目的。那是我告别青春期写作的第二个年头，发了几首还勉强能看的作品，然后被四川的《星星》诗刊选中，参加其举办的大学生诗歌夏令营。我至今还记得同届的几个同学：褚平川、赵家鹏、安德、聂权、钱超。他们有的早已告别诗歌，有的还在持续精进。我们在主办方的安排下，去了杜甫草堂，无甚感觉。又去了都江堰、青城山，纯游客心态，也没什么感怀。在结束主办方安排的行程后，我被褚平川拖着游了川大，在钱超的宿舍挤了一宿，然后去金沙遗址看了看。

其实，当时我的心早已不在成都，一直谋划着此行的另一个目的：去内江威远县找当时一个喜欢的女孩。我急急和褚平川分别后，在成都荷花池汽车客运站乘小巴前往威远。山道崎岖，沱江汹涌，我的心情谈不上兴奋，反而有些郁结。因为多少知道，这种发疯的举动，并不会带来什么希望。即使在女孩热情的招待下，这种郁结也没有化开，反而随着返程而越积越深。途中连写了几首入蜀出蜀即景，总名为“西南行纪”。后来又零零散散写了一些回忆诗作。

这些作品，现在看来，在技术上都还比较粗糙，我的那种少年情思，也与杜甫回望中原的羁旅哀伤，不可同日而语。但每见川蜀物候人事，总忍不住兴起怅惘。

近年来，每日里庸常地忙碌，为柴米奔波，为子女操心，写作上颇为迟滞。想来，毕竟连怅惘都无暇，如何起得诗思？我虽然视写作为劳作，是功夫，但也总要有感而发，总要有个起心动念的瞬间。现在很流行钝感力，但我怀念那个敏感多绪的自己。

怅惘就是意识到“平常”的不可得
——读《江南逢李龟年》

岐王宅里寻常见，崔九堂前几度闻。
正是江南好风景，落花时节又逢君。

这是曾国藩所选的杜甫七绝的最后一首，写于杜甫在世的最后一年。历来认为杜甫不长于绝句，其实，杜甫只是别成一格，与流行的趣味不大相似。如果要写，也是能写得如李白、王昌龄一般，意在诗外的。这首《江南逢李龟年》就是明证。

杜甫晚年，与李龟年相逢在长沙，此时距离两人在长安初见，已经过了将近半个世纪。这半个世纪里，国家丧乱，山河破碎，两人的命运也随之摧折浮沉。此时相见，不说执手泪眼，也有万千情绪在心头。然而杜甫不著一字，只是很平常地回忆了一下往昔，又很平常地写了两人相逢在江南这件事。

这是很高级的写法。我读古典诗词，很不满意的一点就是诗人往往在开头就直抒胸臆，或者在结尾径言愁绪。老杜的很多诗也都是如此，比如前面谈的《秋兴八首》，我就很不喜欢“鱼龙寂寞秋江冷，故国平居有所思”“彩笔昔曾干气象，白头吟望苦低垂”这种结句，而是更能欣赏“关塞极天唯鸟道，江湖满地一渔翁”这种更为收敛的方式。像白居易《琵琶行》“座中泣下谁最多？江州司马青衫湿”这种，更是无聊之极、无能之极的结句，仿佛是一身正装，最后配了双草鞋。

《江南逢李龟年》结尾两句之妙，在于有选择地呈现了好风景，然后又只以两个虚词来表露情绪：正、又。前两句也是精心布置，只用最寻常的表达，就道出开元盛世。前后对比，则黯然之情自生，也任君恣意想象。

最寻常的表达，一个体现就是“里”和“前”。南宋曾几写过两句诗：白玉堂中曾草诏，水晶宫里近题诗。韩驹觉得很好，但是还能更好，帮忙改了两个字：白玉堂深曾草诏，水晶宫冷近题诗。曾几大为佩服，引为“一字师”。

杜甫当然也能像《秋兴八首》一样，把这两句写得更为华丽，但他没有。因为文字要为情感服务，文字要符合整体的调子。杜甫在这首诗里，就是要用寻常文字来克制情感，一旦溺于辞藻，则情就难免矫饰。当然，找到最恰如其分的语言和字词，也是一种技术，只不过我相信当时的杜甫，并不需要主动去调拨技术。因为此时的杜甫，已不必刻意“语不惊人死不休”了。所谓“老去诗篇浑漫与”，不过是从心所欲而已。

王子瓜

读李商隐

王子瓜，诗人、学者，1994年生于江苏徐州。出版诗集《长假》（2019），与友人合编诗选集《复旦诗选》系列。曾获扬子江年度青年诗人奖（2022）、《草堂》年度青年诗人奖（2020）、北大“未名诗歌奖”（2019）、复旦“光华诗歌奖”（2015）等。2019年参加《诗刊》社第35届“青春诗会”。现任教于上海大学文学院。

醉客醒客
——读《杜工部蜀中离席》

天阶紫芝
——读《重过圣女祠》

越桂蜀姜
——读《赠郑谠处士》

行矣关山
——读《复至裴明府所居》

紫府碧落
——读《当句有对》

云梦烟花
——读《宋玉》

彩服何由
——读《奉和太原公送前杨秀才戴兼招杨正字戎》

天涯荣谢
——读《临发崇让宅紫薇》

秦树嵩云
——读《及第东归次灞上却寄同年》

他年昨夜
——读《银河吹笙》

玉娘湖月
——读《出关宿盘豆馆对丛芦有感》

凤女颠狂
——读《和韩录事送宫人入道》

鸾鹊天书
——读《九成宫》

彩凤灵犀
——读《无题》

蓬山青鸟
——读《无题》

醉客醒客

——读《杜工部蜀中离席》

人生何处不离群，世路干戈惜暂分。

雪岭未归天外使，松州犹驻殿前军。

座中醉客延醒客，江上晴云杂雨云。

美酒成都堪送老，当垆仍是卓文君。

时间，是义山诗最重要的主题。时间并非均匀地铺展在这个世界，越是有意识地审视自己的生活，越会触摸到时间深刻的褶皱，感受到时间不是一片平原而是重叠的峰峦：使节身在雪山之外的异域，杳无音信，驻军集结在边境，准备随时赴死，他们被一种紧张的、属于国家政治的时间所笼罩；而富庶的内地则处于日常生活的时间之中，座中酒客醒复醉，江上闲云雨又晴，依旧是柴米油盐每日等待着人们去料理，依旧是婚丧嫁娶萃取着生命的甘苦；迥异、分裂的现实以外，仍有审美的时间如同历久弥新的明月虚悬于人世之上，美人沽酒、才子赋诗的往事流传于庙堂市井，令人神往，直到听曲人终成曲中人……虽然逝者如斯夫，但仔细去感受，过往的时光无一不被此刻真实地保存。

“人生何处不离群”，义山此诗开篇即将自身放置在一个孤独的心理空间中，面对三种时间恢宏的裂隙，并不急于从中做出选择，诗的意味恰恰在于呈现一种跨越和叠印。清人黄叔灿云“‘座中’两句即景形情，‘醒客’谓自己……盖自遣之词”，类同后世俗见，落了亡国恨、后庭花的窠臼。义山既非醉客，亦非醒客，他处在画卷之外，处在一个抽象的观察者的位置。诗题提及杜甫，也非单纯仿拟杜诗风格，而同样是为了借取杜甫的时间来制造这座小小的时间迷宫。晚唐未必不是汉初，纵然生不逢“时”，仍有诗歌的千秋梦向你敞开。此诗读罢，一种追问留给了漫长旅程中的读者：在自我、时代与永恒之间，你将何去何从？

天阶紫芝

——读《重过圣女祠》

白石岩扉碧藓滋，上清沦谪得归迟。

一春梦雨常飘瓦，尽日灵风不满旗。

萼绿华来无定所，杜兰香去未移时。

玉郎会此通仙籍，忆向天阶问紫芝。

萼绿华和杜兰香都是传说中的仙女，她们自由自在，来无定所，去无定时，与之相对的则是本诗的女主角：久久滞留在凡尘中而不能重返仙界的女道士。在通常的理解中，这女道士是诗人的自比，而仙界自然是通达仕途的象征。诗歌所传达的是诗人久未得到重用的失望，以及回忆起当年“向天阶问紫芝”之事而生出的怅惘。这“天阶紫芝”，说的自然就是诗人前半生的高光时刻：开成二年（837），20多岁的李商隐高中进士，可谓一步登天，前途无量。当时的他一定想不到何等坎坷的未来在等待着自己。

这样的理解固然顺畅，不过隐喻的深意并不能掩盖这首诗表层叙事的美妙。对于那些精神世界足够富足的人来说，尘世并非他们真正的故乡，世界虽然美丽，却也不过是一个五光十色的笼子，肉身像是沉重的枷锁困住了自由不羁的灵魂。像李白，当他面对金樽玉盘、黄河太行这些俗世的珍宝和壮美的风景，他并不感到满足，而是感到一种困惑。进而，便是“行路难”的千年一叹。李商隐此诗同样有此一问：人乃是万物灵长，他的灵魂纯洁、高贵，为何却要如蝼蚁般被迫生存在这个残酷、肮脏的尘世？何时才能返回他真正的家园，获得自由和幸福？

越桂蜀姜

——读《赠郑说处士》

浪迹江湖白发新，浮云一片是吾身。
寒归山观随棋局，暖入汀州逐钓轮。
越桂留烹张翰鲙，蜀姜供煮陆机莼。
相逢一笑怜疏放，他日扁舟有故人。

此诗要点在颈联。《晋书》记载张翰思念吴中的“菰菜、莼羹、鲈鱼脍”，因而辞官归乡；《世说新语》记载陆机回答侍中王济的问题，说吴中不放盐豉的“千里莼羹”远胜中原的羊酪。古往今来，张、陆两人的典故被文人墨客反复引用，绝非仅为传达思乡之情这么简单，而今人往往不解其中真意。张翰辞官乃是避乱，鲈鱼美味固然确有其事，但多半只是一个颇有魏晋风度的借口；陆机答王济则是以清淡鲜美的莼羹喻吴地文化之清新雅致，而暗讽中原新贵就像他们喜爱的羊酪那样粗俗。此中“蔬菜的政治”，值得读者细细玩味。饮食正如诗歌，它的味道总是人情世故、文化历史的复合。诚如当代诗人张枣所言，“得从小白菜里，/从豌豆苗和冬瓜，找出那一个理解来”，这是饮食带给文学的教育。

年轻的一代人出生在物质生活普遍提升的年代，成长过程中少有食不果腹之虞。饮食对于我们来说或许不再像旧时那样诱惑十足，颔联“山观随棋局”“汀州逐钓轮”那样的野趣反倒更有吸引力。年幼时，我对于“味道”一直很不敏感，讨厌葱、姜、花椒、桂皮这些“华而不实”的东西，直到20多岁开始自负伙食，对味道才渐渐有了认真的体会；也是在那以后，像此诗“越桂”“蜀姜”这样的味觉审美，对我来说才逐渐变得可以想象。至于最关键的莼菜，我还从没尝过，去几个常用的买菜App里搜索，也并没有找到。只好宽慰自己，即便能买到，莼菜讲究的是新鲜，最好是现摘现烹，否则风味又要折损许多，毕竟是令张翰、陆机难忘的珍馐，凡夫俗子岂能随随便便就寻获？也好，这“千里莼羹”像宝藏被埋藏在了未来某处，等待机缘。或许得到它反不如想象它？现在还是回到自己的小房间，温一壶黄酒过冬吧。窗外月明星稀，人世俯仰千年，应当仔细生活才是。

行矣关山
——读《复至裴明府所居》

伊人卜筑自幽深，桂巷杉篱不可寻。
柱上雕虫对书字，槽中秣马仰听琴。
求之流辈岂易得，行矣关山方独吟。
赊取松醪一斗酒，与君相伴洒烦襟。

汉人称太守为明府，唐人则称县令为明府。李商隐想必非常景仰这位裴明府，在这首“复至”之前，还有一首五言律诗《裴明府居止》，亦以拜访裴氏为主题，“试墨书新竹，张琴和古松。坐来闻好鸟，归去度疏钟”，诗歌所塑造的俨然是一位世外高人的形象。这首《复至裴明府所居》更极致地书写这种高远，写他的住处就像是桃花源，寻常人等无法到达，他的书法和琴艺高深莫测，世间难求。这里使用“伯牙鼓瑟”的典故，说他的琴艺就像伯牙，能使槽中吃饲料的马匹仰头倾听。

此诗中我独爱“行矣关山方独吟”。此句原意大抵仍是延续上一句，讲裴明府的诗书仿佛空谷足音，弥足珍贵。而我则情愿“误读”一回，我从这句诗中读到了孔子所说“古之学者为己”的意思。人生在世，所学所闻，所作所为，首先都应是一种“修行”，是充实和丰富自我的一种方式，其次是探求古今相知的喜悦，最后才是经世致用这样宏伟的目标。说些更切近的事，今天作为一个写作者，作品能够畅销市场，受到广大读者青睐，固然是好事；然而不论结果如何，为自己个人的生活和思考而写作的这种初衷——真诚的“独吟”，对作者本人而言更加重要。真正的诗人只有两个听众，一个是他自己的心灵，另一个则是他周围的世界。诗人在山水之间行走、独吟，而山水能够相知、相解。像李白“相看两不厌，只有敬亭山”；也像沃尔科特（Derek Walcott）的诗，“感激你在这个地方写得好，/让这些破碎的诗篇像一群白鹭/在最后一声长长的叹息里从你身边起飞”。

紫府碧落
——读《当句有对》

密迩平阳接上兰，秦楼鸳瓦汉宫盘。

池光不定花光乱，日气初涵露气干。

但觉游蜂饶舞蝶，岂知孤凤忆离鸾。

三星自转三山远，紫府程遥碧落宽。

“平阳”指汉代平阳侯的府第，“上兰”则是上林苑中的一座道观。“三星”即参宿，《诗经 · 唐风 · 绸缪》有云 :“绸缪束薪，三星在天。”这是黄昏时分，也是婚嫁的好时候。“三山”则是道教传说中的海上仙山。因此历来多有注者认为这首诗说的是贵族女道士的爱情故事。

此诗有趣之处在于“当句有对”，即八句中每一句内部都有对偶 : 秦楼对汉宫，紫府对碧落，等等，因此被认为是一种“游戏之笔”，它像是音乐中的“练习曲”体式，专为磨练技艺而存在。

颈联“孤凤忆离鸾”写情，尾联却笔锋一转，走向了“紫府程遥碧落宽”的开阔境地，让人体会到三分庄子所说“相忘于江湖”的逍遥。但同时，情丝又并未真的斩断，仍有一种旷世的遗憾若隐若现。此诗寥寥几句勾勒出唯美、阔大的诗歌空间，又将细腻的悲欢深藏其中，让人回味无穷。

云梦烟花
——读《宋玉》

何事荆台百万家，惟教宋玉擅才华。
楚辞已不饶唐勒，风赋何曾让景差。
落日渚宫供观阁，开年云梦送烟花。
可怜庾信寻荒径，犹得三朝托后车。

像曾国藩所说，这首诗是诗人“自伤”之作。诗人在江陵时访宋玉古宅（庾信也曾居于此，所以尾联提起庾信并不突兀），前尘往事涌上心头。自屈原始，古今才华横溢的文人大多在仕途上不怎么顺利，宋玉如此，李商隐本人也是如此。荆楚之地历来文章炳焕，“百万家”中却只有宋玉“擅才华”，他的辞、赋与同时代的大家唐勒、景差相比都要更胜一筹。然而就是这样的宋玉，一生也难免多有坎坷。写到这里，李商隐的“自伤”是一目了然的。

不过如果满足于用“自伤”来理解这首诗，就太可惜了。颈联这一句，可以说是别有洞天。“落日渚宫供观阁，开年云梦送烟花”，这句诗其实包含着李商隐与杜甫的对话。杜甫的《咏怀古迹（其二）》同样以怀宋玉为主题，颔联、颈联都是名句：“怅望千秋一洒泪，萧条异代不同时。江山故宅空文藻，云雨荒台岂梦思。”

杜甫这样的大手笔，可以说是已然把这个主题写到了尽头，李商隐不会不明白这一点。事实上，在句法与构思的层面，李诗的颈联显然是刻意参照了杜诗的颈联。两首诗所处理的主题是相同的，用我们今天的话来说，这个主题就是里尔克（R. M. Rilke）所说，“生活与伟大的劳作之间，总存在某种古老的敌意”。杜诗所写的是一个“正题”——他以一种极致的虚无感书写了这个主题；相比之下，李商隐所写的却是一个“反题”，认真的读者在读到颈联时，想必都能够感受到那种对“语言之美”的热忱，诗人玄想宋玉辞赋文藻华美、才思高妙，能让天地为之动容：渚宫（楚国宫殿）和云梦大泽都好像有了灵魂，将亭台楼阁与烟云花草交托给他，请他书写。诗歌能够达到这样的境界，尘世的烦恼又有什么值得挂心的呢？

在杜甫的巨大阴影下，李商隐“偏往虎山行”，写出新意和自己独特的性格。这也正是一个时代诗歌的缩影：面对盛唐的恢宏气象，晚唐诗歌不畏艰险，终于别开生面。

彩服何由

——读《奉和太原公送前杨秀才戴兼招杨正字戎》

潼关地接古弘农，万里高飞雁与鸿。
桂树一枝当白日，芸香三代继清风。
仙舟尚惜乖双美，彩服何由得尽同。
谁惮士龙多笑疾，美髭终类晋司空。

此诗题目读来或许有些拗口，分成三截来看即可："奉和太原公"，这是题目一句的主要结构。这位太原公是王茂元，著名将领，濮阳郡侯，他非常欣赏李商隐的才华，并将自己的女儿许配给了李商隐，她就是王晏媄——李商隐许多名诗背后隐藏的女主角，像《锦瑟》《夜雨寄北》，等等。"送前杨秀才戴"，就是送杨戴。此人高中进士，因此是"前秀才"。"兼招杨正字戎"，是说招揽了杨戎来府中供职。此人是杨戴的兄弟，官职为"正字"。连起来看，诗题就是说太原公送杨戴远行，又招杨戎来府中，李商隐写此诗以和之。

前三联写得漂亮，用典一如既往繁密巧妙，自不必说；尾联则让我们看到李商隐有趣的一面。这一句用了陆机、陆云兄弟拜访张华（官至司空）的典故，《晋书·陆云传》记载陆云（字士龙）有“笑疾”，去拜访张华时看到张华用帛绳缠住胡须，忍不住大笑不止。而张华不愧一代名士，也不以为意，仍大力举荐陆氏兄弟。这是雅量，也是识人之明。所以此诗前三联对杨家两兄弟的诸多美言，其实是为了尾联夸赞自己（准）岳父而设的铺垫。使用陆张一典，出人意表，妙趣横生，见出李商隐身上不拘一格的魏晋风度。

天涯荣谢

——读《临发崇让宅紫薇》

一树浓姿独看来，秋庭暮雨类轻埃。

不先摇落应为有，已欲别离休更开。

桃绥含情依露井，柳绵相忆隔章台。

天涯地角同荣谢，岂要移根上苑栽。

“崇让宅”是李商隐岳父王茂元在洛阳的宅邸。许多学者认为，当时李商隐妻子王晏媄已经亡故，李商隐因仕途之事借宿在此，睹物思人，写下这首怀念亡妻之作。在李商隐的笔下，一花一树都饱含着往昔的情意，桃柳都是寄托相思的媒介。只要能够同生共死，浪迹天涯地角也无妨；如今两人阴阳相隔，纵有大好前程，又有什么意义？

这些都是一枝紫薇花所引发的诗思。古人因物起兴，感物吟志，这是自《诗经》以来中国特有的诗歌传统。物的年岁往往比人更为长久，正所谓“物是人非”。然而今天我们面临着一种新的普遍状况：我们儿时的家园，一砖一瓦往往都已无迹可寻，我们嬉戏的溪水被污染或填埋，庇荫我们的大树被砍伐；旧友四散，信息的交流是如此便捷，却再无信笺可以抚摩、反复重温；终日与我们相伴的手机常随着产品迭代而被丢弃；构成家具和器皿的塑料与金属那么冰冷，因量产而可以轻易获得、无须珍视；华美的礼物被电商平台明码标价，“礼”的含蓄雅致变成了赤裸的数字，填写在我们头脑的大账本里。时代滚滚向前，再难有珍贵的记忆从变幻莫测的生活中幸存，终末之时双手所握徒有虚空，而无一物件能将往昔凝结，告慰我们浮生并非一梦。诗歌之于时间，正如白云之于人世，它虽然无色无形、难以把握，却是经验坚固的宝石。像本雅明（Walter Benjamin）所说，我们“头顶上苍茫的天穹早已物换星移，唯独白云依旧”。

秦树嵩云
——读《及第东归次灞上却寄同年》

芳桂当年各一枝，行期未分压春期。
江鱼朔雁长相忆，秦树嵩云自不知。
下苑经过劳想像，东门送饯又差池。
灞陵柳色无离恨，莫枉长条赠所思。

开成二年（837），李商隐大约24岁，高中进士，此诗大概就是那时所写。次年，他便迎娶高官爱女，可谓“走向人生巅峰”。及第东归，衣锦还乡，正是春风得意马蹄疾，因此这首诗虽然是与同年及第的友人告别，却没有依依惜别之情，相反他觉得这景致之中毫无“离恨”。可见李商隐已经喜不自胜。

诗人是有性情的。纪昀评此诗说是“致怨同年，语尤过激，义山盖褊躁人也”，说得或许有些夸张，不过并不离谱。试想，大家同年及第，没有谁比谁更高一筹，客气地同你告别，你也回复一些客套话便是。而说“莫枉长条赠所思”，有心人自然会觉得这话说得太“高冷”了。读到这里，熟悉李商隐生平的读者一定会有所感怀，这样天真可爱的诗人脾气，是否就是他一生坎坷、见弃于牛李两党的性格根源？

君子之交淡如水，纵然像江鱼朔雁、秦树嵩云那样天各一方，依旧可以情意相通，何须酒席客套？可是这终究还是一个属于俗人的尘世。洞房花烛夜，金榜题名时，可以说李商隐度过了美好的前半生，他能够预见到此后他身世浮沉、爱妻亡故的命运吗？这首诗让我们理解了后来他慨叹“只是当时已惘然”的痛苦之深。潦倒半生的大诗人也曾有如此意气风发的时日，然而“美好的事物无法久存”，彩云易散琉璃脆。“后之视今，亦犹今之视昔”，天命难料，世事无常，令人扼腕。

他年昨夜
——读《银河吹笙》

怅望银河吹玉笙，楼寒院冷接平明。
重衾幽梦他年断，别树羁雌昨夜惊。
月榭故香因雨发，风帘残烛隔霜清。
不须浪作缑山意，湘瑟秦箫自有情。

“银河”是中国人最瑰丽的想象，也是最富有诗意的表达，它所代表的是古人“有情”的宇宙观。当你抬头仰望夜空，从星丛之中指认出“银河”，你便也指认出了与之相关的一系列古老的故事，指认出了分别的苦痛和爱情的忠贞，指认出了信念那牵动万物的伟大力量。

有人说这首诗是悼念亡妻，也有人说它是为某位女道士所写。不论如何，群星当空，天地之间似乎只有一人一笙在回忆、叹息，这吟咏本身即是美的，这是一个人感受到自身之存在的时刻，也是“天问”的时刻，是诞生诗的时刻。

玉娘湖月

——读《出关宿盘豆馆对丛芦有感》

芦叶梢梢夏景深，邮亭暂欲洒尘襟。

昔年曾是江南客，此日初为关外心。

思子台边风自急，玉娘湖上月应沉。

清声不远行人去，一世荒城伴夜砧。

我第一次出远门是在17岁那年的冬天，坐一夜硬座的绿皮火车到上海，参加一个考试。到后半夜牙齿酸痛异常，半睡半醒间回忆起的还是寄宿的高中校园，那些懵懂的樱花树，抄写的歌词、文章，倾慕的女孩，当然还有未知而又莫名让人激动的未来。

少年人可能不易感受到怀乡是一种怎样的情绪。只有当你身世浮沉，发现不论世俗成就的高低，生活本身都将是一种他乡，这时你才会明白怀乡之情缘何而起。我们都是这个世界的“局外人”，孤独的旅行者，自我的难民。李商隐诗中荒凉的夜砧之声，此刻依然在我们周围回响。

凤女颠狂
——读《和韩录事送宫人入道》

星使追还不自由，双童捧上绿琼辀。
九枝灯下朝金殿，三素云中侍玉楼。
凤女颠狂成久别，月娥孀独好同游。
当时若爱韩公子，埋骨成灰恨未休。

李商隐的语言本就玲珑剔透，写起这些仙家之事就更是得心应手，诗中一片琼浆玉露，仿佛一场瑰丽的幻梦。唐代道教盛行，高祖追老子为皇室先祖，太宗下诏认定道士地位高于僧尼，高宗时科举考试一度要考《道德经》。可以说当时上至皇亲国戚，中至文武百官，下至平民百姓，都尊崇道教。这里面，女道士（即“女冠”）是尤为特殊的一道风景。据记载，唐代入道的公主至少有16位，入道的妃嫔、宫女则更是数不胜数了，其中便有大家十分熟悉的杨贵妃。白居易在《长恨歌》中提到了她的道号：“中有一人字太真，雪肤花貌参差是。”在当时的社会背景下，对于当事人而言，入道之举表面上可说是一种荣誉，但出世的生活对于大部分人来说毕竟不会多么美好，种种原因被迫入道的情况也很常见。

相传李商隐曾与某位宫中“女冠”有过一段隐秘凄美的恋情，事实究竟如何，谁也说不清楚。此诗是以局外人的视角讲述友人韩琮与某位女冠分别的场景，写得也极隐晦，尾联似是一句玩笑话，说假如这位宫人当时爱着韩琮，从此岁月漫漫，即便是“埋骨成灰”，她的悔恨恐怕也不会终结了。但这究竟是一个假设、一句玩笑，还是确有此事呢?

鸾鹊天书

——读《九成宫》

十二层城阆苑西，平时避暑拂虹霓。
云随夏后双龙尾，风逐周王八骏蹄。
吴岳晓光连翠巘，甘泉晚景上丹梯。
荔枝卢橘沾恩幸，鸾鹊天书湿紫泥。

不论是否有意为之，这首诗华美的语言之下总让人感到有一丝讽刺之意。清人何焯论及此诗说“紫泥天书，只为荔枝卢橘，讽刺极刻，然又不觉”，是有道理的。这讽刺比起杜牧的“一骑红尘妃子笑，无人知是荔枝来”又要更加含蓄许多。

“荔枝卢橘沾恩幸”，乍看像是一层浅显的拟人，细细品来其实并无复杂的修辞，而是写实；“鸾鹊天书湿紫泥”，这句的语言就更是了无痕迹，浑然天成。李商隐律诗的尾联常常写得悠远开阔，文字结束于轻盈浅淡的物象，而情思绕梁三日，仍不减其意味。这样的功夫，在现代诗歌里，只有在里尔克、沃尔科特这些对“物”

有着特殊理解的诗人那里才能够看到。中国古诗诸如“以物观物”这样“客体化”的诗学偏好，借美国意象派诗歌的发掘，对世界现代诗歌的格局产生了重要的影响，正所谓“诗神远游”。这又是另外一个道不完的话题了。

彩凤灵犀
——读《无题》

昨夜星辰昨夜风，画楼西畔桂堂东。
身无彩凤双飞翼，心有灵犀一点通。
隔座送钩春酒暖，分曹射覆蜡灯红。
嗟余听鼓应官去，走马兰台类断蓬。

熙攘人世间，能够遇到一个心意相通之人谈何容易，而佳人近在咫尺却转瞬又要相隔天涯，更是令人痛苦。喧闹欢乐的酒席终将一散，此时此刻良辰美景终成昨夜星辰。李商隐看到生活是一个不断失去的过程。漫漫人生终究是一个人的旅途，我们都各自孤独地“在虚无中冒雨赶路”。

为什么同喜剧相比，悲剧往往更能打动人？亚里士多德讲悲剧具有“净化”的功效，本雅明讲我们“以读到的某人的死来暖和自己寒颤的生命”，而在我看来这些都不是最重要的原因。我们之所以能够欣赏悲剧，是因为我们知道悲剧是真的，悲剧正是人生唯一的真相，唯一的底色。我们可以暂时忘记它，但无法避开。

就这样给一段话结尾，读者想必会有些不习惯，那么就再加一句吧：也正因如此，美好的事物才格外值得珍视。

蓬山青鸟

——读《无题》

相见时难别亦难，东风无力百花残。
春蚕到死丝方尽，蜡炬成灰泪始干。
晓镜但愁云鬓改，夜吟应觉月光寒。
蓬山此处无多路，青鸟殷勤为探看。

童年时代，“春蚕”两句常被老师和同学拿来探讨“奉献精神”，想来可说是某种道德偏执，带着一些可爱的傻气。就像“莲子清如水”用一种内敛、清澈的语言代替了直白的“怜子情”，春蚕到死或许也应是“思”方尽，此间的缠绵悱恻大概才是诗人所试图传达的含义。

在宜家的货架上我看见一排排红色、绿色的蜡烛，它们香气扑鼻，被填装了过多的小资想象，不像幼时常盼的停电之夜，母亲翻箱倒柜寻来的那种朴素的白蜡烛，只管燃烧。这样的回忆我也曾写下来：

像是停电之夜，

母亲从厨房端出一支亮如诺言的蜡烛

世间万物原本无情，伟大的诗歌将情思和内涵赋予它们。今天倘若我们还能在货架上或是寺庙里看到蜡烛，还能在桑树枝头或是孩子的纸盒里看到春蚕，一定仍能感受到李商隐此诗强大的精神力量，它连同其他我们耳熟能详的文学作品一道构成了中国人真正的故乡。传统并非教科书白纸黑字的知识和教训，更非景区修缮一新的雕梁画栋，传统不是某种被动地等待着我们来"继承"的东西。传统是使事物从漫漶的时间中醒来、找到我们并开口向我们诉说的那种力量。

伟大的诗歌也是残酷的，它指认事物，精确而美妙地说出它们，以至于穷尽了它们的含义，后来者再难寻找到表达的可能性了。而朝向这种不可能的书写，乃是诗人浪漫的天职。

曹 僧

读黄庭坚

曹僧，诗人，1993年生于江西樟树。出版诗集《群山鲸游》（2017）、《野先驱》（2023），主编有合集《复旦诗选·2015》。曾获“三月三”诗歌奖·年度新人奖（2019）、上海市民诗歌节·新锐诗人奖（2018）、香港“青年文学奖”（2016）、北大“未名诗歌奖”（2013）、复旦“光华诗歌奖”（2013）等。参加“清华大学青年作家工作坊”（2019）。

孔方兄有绝交书

——读《戏呈孔毅父》

友人寄来了泉水和新诗

——读《谢黄从善司业寄惠山泉》

出门一笑大江横

——读《王充道送水仙花五十枝，欣然会心，为之作咏》

刻舟求剑

——读《追忆予泊舟西江事次韵》

那时我们有梦

——读《寄黄几复》

使劲地下吧

——读《咏雪奉呈广平公》

古人赠我以江月

——读《登快阁》

梦幻百年随逝水

——读《光山道中》

还会有重逢吗？

——读《哀逝》

未觉新诗减杜陵

——读《饮韩三家醉后始知夜雨》

劳作的自由

——读《四月末天气陡然如秋，遂御袷衣游北沙亭观江涨》

孔方兄有绝交书
——读《戏呈孔毅父》

管城子无食肉相，孔方兄有绝交书。
文章功用不经世，何异丝窠缀露珠。
校书著作频诏除，犹能上车问何如。
忽忆僧床同野饭，梦随秋雁到东湖。

古人常有因政治失意、怀才不遇而排遣“牢骚”之作，或悲愤如屈原，或超脱如陶渊明，或潇洒如李白，或沉郁如杜甫，黄庭坚这首诗则透露出一种戏谑的心态。

前两句的主语看似在写与自己不相干的人，其实是绕了一个迂回指向自己。所谓“管城子”和“孔方兄”都是拟人的写法，典出韩愈的《毛颖传》、鲁褒《钱神论》，分别指毛笔和铜钱。“食肉相”取自《后汉书·班超传》，“绝交书”则取自嵇康《与山巨源绝交书》。即使化用了四个典故，两句诗也读来通俗、有趣。

此外，前两句从章法上又与直接描写自身遭遇的后文构成了曲折的诗势，使人读来不觉单调。诗人曾说：“文章必谨布置，每见后学，多告以《原道》命意曲折。后以此概求古人法度，如老杜《赠韦见素》诗布置最得正体。”可见诗人功力。

又联想到清代诗人黄景仁的《杂感》诗，中有“仙佛茫茫两未成，只知独夜不平鸣”等句，是写尽悲凉的好诗。两相对照，一种悲凉，一种戏谑，背后皆是无奈。

友人寄来了泉水和新诗
——读《谢黄从善司业寄惠山泉》

锡谷寒泉撱石俱，并得新诗虿尾书。
急呼烹鼎供茗事，晴江急雨看跳珠。
是功与世涤膻腴，令我屡空常晏如。
安得左轓清颍尾，风炉煮茗卧西湖。

现代诗人卞之琳的诗作《距离的组织》末尾一句写道，“友人带来了雪意和五点钟”，这首诗大概也可以概括为“友人寄来了泉水和新诗”吧。惠山泉被誉为“天下第二泉”，位于今江苏省无锡市西郊惠山。习惯了现代生活的人，乍一下大概会难以理解古人对水的诸多讲究。比如《西游记》《红楼梦》中都曾提到过用所谓的“无根水”做药引，听来似乎更显荒诞。我们很容易忽略的一个前提是，现代自来水的普及以及过滤、蒸馏技术对水的净化，使我们所接触到的水之间的差异已经没有那么大了。回到古人的生活环境中，“寄泉”便显得合理了。与泉一并寄来的还有用遒劲书法写下的诗歌新作，此种往来真可谓风雅了。

颔联句的两个“急”字，用得颇显突兀。烧水煮茶，本就是悠闲之事，却要“急呼”，以一种迫切的心态来进行。江上本晴，却又来“急雨”，让人不禁想起“东边日出西边雨”这样的句子。这种天气，常常只会维持短暂的一阵，既有一种天气突变的紧张感，又有一种雨过复晴的畅快感。“跳珠”两字，则借落入江中的雨滴表现出心绪的活泼。黄庭坚的这一布局方式，竟使得烹泉煮茶这样一件平常雅淡之事，变得情节跌宕，别有况味。

出门一笑大江横

——读《王充道送水仙花五十枝，欣然会心，为之作咏》

凌波仙子生尘袜，水上轻盈步微月。

是谁招此断肠魂，种作寒花寄愁绝。

含香体素欲倾城，山礬是弟梅是兄。

坐对真成被花恼，出门一笑大江横。

前两联写水仙花的柔美、姣好，句意比较顺畅。到了颈联，却以“山礬是弟梅是兄”接在“含香体素欲倾城”后，用笔颇奇。按常人理解，此处写“山礬”“梅”同样应以偏于女性、阴柔的词来形容，但黄庭坚却偏偏让这种合理预期落空了。但当读者回过头来品味时，却又会发现这一翻转的妙处。将后两者男性化，岂不更是加强了水仙的柔美形象？或者还可以进一步联想：水仙“倾城”，或许被倾倒的观者里甚至也包含了“山礬”和“梅”这两位兄弟？

最后两句之间的衔接，更是奇突。前一句出自杜甫《江畔独步寻花七绝句》，“江上被花恼不彻，无处告诉只颠狂”。所谓“被花恼”，其实是说美丽却短暂的花朵牵动了人的神思，随之引起了种种烦闷的情绪，本质上仍旧是一种“自寻烦恼”。但是将“恼”的主语表述为“花”却带来了一种“误解”，使读者不得不停下来细细品味。“出门一笑大江横”同样也是指面对着大江，自己给自己开解。从“被花恼”到“大江横”，空间上、情绪上都有很大的跳跃，制造了延长审美过程的效果。新诗中，张枣的《镜中》有一句诗，“只要想起一生中后悔的事，梅花便落满了南山”，亦得此种衔接之妙。

清方东树《昭昧詹言》说：“山谷之妙，起无端，接无端，大笔如椽，转如龙虎。扫弃一切、独提精要之语，往往承接处中亘万里，不相连属，非寻常意计所及。此小家何由知之？”纪昀《书山谷集后》说黄庭坚的七言古诗：“离奇孤矫，骨瘦而韵远，格高而力壮。”这首诗便是一个代表。

刻舟求剑

——读《追忆予泊舟西江事次韵》

老大无机如汉阴，白鸟不去相知深。

往事刻舟求坠剑，怀人挥泪著亡簪。

城南鼓罢吹画筒，城北归帆落晚风。

人烟犬吠西山麓，鬼火狐鸣春竹丛。

刻舟求剑虽然无法真的取回剑，但印痕还在；为掉落的簪子而哭并不是因为簪子本身，而是因为簪子与故人有关。过去果真离我们远去了吗？只要我们没有放下，就没有。

随着天色逐渐入夜，一片情绪也逐渐推移向外，不管是城南还是城北，仿佛今时与往昔连成一片，带给人无限哀愁。与黄庭坚《哀逝》一诗中“地下相逢果有无?”的怀疑语气不同，这首诗在尾联又分明描绘了一种人鬼交杂的共时画面，引人无限遐思。《喻世明言》中有一篇故事叫《范巨卿鸡黍死生交》，很是动人。故事里，张劭与范式曾经有相聚之约，但范式忙于经商在约期当日才想起，他听说魂魄能日行千里，为了不失信于友，便自刎而死以让魂魄赴约。张劭闻讯后前去吊唁范式，最终也选择了自刎以回报其信义。这一故事或可与此诗参读。

那时我们有梦
——读《寄黄几复》

我居北海君南海，寄雁传书谢不能。

桃李春风一杯酒，江湖夜雨十年灯。

持家但有四立壁，治病不蕲三折肱。

想得读书头已白，隔溪猿哭瘴溪藤。

这首诗的颔联是名句。“桃李春风”写昔日相会之欢愉，“江湖夜雨”写如今相隔之愁绪；“一杯酒”写欢会之短暂，“十年灯”写两隔之漫长。“一杯酒”是写友情，“十年灯”更是写友情，前者写友情的张扬与发散，后者写友情的沉淀和内化。

平心而论，颔联两句似乎显得太过工整而稍稍有碍于真情之自然流露，但另一方面，却又具有极强的概括力，能将种种个人化的别情思绪涵容其间，令人联想起古来许多佳制。例如，李颀的《送陈章甫》，“东门酤酒饮我曹，心轻万事皆鸿毛”；杜甫的《天末怀李白》，“鸿雁几时到，江湖秋水多”；李商隐的《夜雨寄北》：

“君问归期未有期，巴山夜雨涨秋池”；苏轼的《江城子·乙卯正月二十日夜记梦》，“十年生死两茫茫，不思量，自难忘”……北岛的散文《波兰来客》中有一个句子，单独拎出来看也是一首意味十足的小诗：“那时我们有梦，关于文学，关于爱情，关于穿越世界的旅行。如今我们深夜饮酒，杯子碰到一起，都是梦破碎的声音。”

近来，偶然在云端笔记里翻到了几年前写下的回忆十余年前与友人远途骑行的几句话，颇有惘然中又生惘然之感：“五年前，我们骑上自行车去五月。时隐时现的一条大运河和我们默契地并行，我们跨过了许多座大大小小的桥，绕过了许多个曲曲折折的弯。很多事情我们都难以想起，我们经过村庄，一个女孩默然地哭。”

使劲地下吧
——读《咏雪奉呈广平公》

连空春雪明如洗，忽忆江清水见沙。

夜听疏疏还密密，晓看整整复斜斜。

风回共作婆娑舞，天乃能开顷刻花。

政使尽情寒至骨，不妨桃李用年华。

首句乃是写仰望春雪所见之状，“忽忆”两字起到的作用很巧，由雪而联想到沙，却又不明说是以沙比喻雪。仰首看雪，俯身看沙；雪易化，沙难消。两种在细节上有颇多不同的情境就这么通过综合感受的相似性而关联了起来。“疏疏”“密密”，是写听觉上声音的节奏；“整整”“斜斜”，则是写视觉上图像的节奏。“夜听”“晓看”，则把一场下了一整夜未停的雪，写得有起有伏，动感十足。

结尾也收得好，两句组成了让步的关系。雪下得“尽情”，以致骨头都觉得冷，但是却不妨碍春天的花朵也尽情地盛放。尾联中颇透出了诗人的“怂恿”语气，仿佛在说：下吧，使劲地下吧。当代诗人西川有一首长诗《开花》，亦有此调："你就傻傻地开呀/你就大大咧咧地开呀/开出你的奇迹来。"

古人赠我以江月
——读《登快阁》

痴儿了却公家事，快阁东西倚晚晴。

落木千山天远大，澄江一道月分明。

朱弦已为佳人绝，青眼聊因美酒横。

万里归船弄长笛，此心吾与白鸥盟。

这首诗是名作，乃黄庭坚于元丰五年（1082）知吉州太和县（今江西泰和）时所作。

第三、第四句最为有名，写出了雨后初晴，视野中天空远大、朗月分明的开阔气象。同样是“落木”，杜甫《登高》中“无边落木萧萧下，不尽长江滚滚来”写的是无尽萧条的气象，这里则传达出了一种为眼前之景抖擞的无比快畅的心情。

澄江即赣江，由于水质清澈，亦有清江之名，我的家乡旧名便是清江县。水流缓慢时，江面就平静得像镜子。当月亮高悬于夜空，便在江上投下一道清晰的分身。我在自己的诗《赣江边》中写过这样的句子：“弧升于江上它轻盈明净/江面静黑，另一眼月/从江心投来一道幽幽的凝望。”凝神注目有时看得恍惚了，空中月、水中月竟难分真假。不禁联想起张若虚的《春江花月夜》:“江畔何人初见月？江月何年初照人？人生代代无穷已，江月年年望相似。不知江月待何人，但见长江送流水。”这月，莫不是古来的诗人们从上游赠予我们的礼物?

梦幻百年随逝水

——读《光山道中》

客子空知行路难，中田耕者自高闲。
柳条莺啭清阴里，楸树蝉嘶翠带间。
梦幻百年随逝水，劳歌一曲对青山。
出门捧檄羞闲友，归寿吾亲得解颜。

黄庭坚诗名极盛，但是放在今天来看，很多读者可能并不一定会喜欢。不过要评价一位诗人，还是要从多方面来考察。事实上，黄庭坚的许多诗学理念与现代诗学的一些追求有颇多可交通之处。比如，他主张“宁律不谐而不使句弱”，喜欢以拗硬之笔写奇崛之态，于律诗的程式化中有意制造声律变数和语言奇观，便与“陌生化”理论相近。方东树在《昭昧詹言》中称黄诗：“于音节尤别创一种兀傲奇崛之响，其神气即随此以见。”黄庭坚的诗学理论中，又有许多可操作性强的成分，方便其他写作者学习。他和他的追慕者们的诗学实践，便发挥影响，产生了更新一代诗风的效果。尽管新文化运动以后，古典文学式微而新文学勃兴，但这一源头并没有随之失去活力。例如，在当代汉语诗人中，萧开愚、韩博等人便对以黄庭坚为代表的江西诗派多有取法，使个人创作得以别开生面。或许，也可以说，黄庭坚乃是诗人们的诗人。

相较而言，这首诗在黄庭坚的诸多诗作中就显得比较平易自然了。颔联所写乃是一番声色俱美的场景，颈联所接“梦幻百年”看似突然，在内里却又严丝合缝。良辰美景可不就是梦幻一般美吗？它就算再长久也终归要像梦幻一般逝去，到头来还是只剩下“劳歌一曲”诉说着叹惋。此处诗意，让人想起陶渊明的句子：“亲戚或余悲，他人亦已歌。死去何所道，托体同山阿。”

还会有重逢吗？
——读《哀逝》

玉堂岑寂网蜘蛛，那复晨妆觐阿姑。
绿发朱颜成异物，青天白日闭黄垆。
人间近别难期信，地下相逢果有无？
万化途中能邂逅，可怜风烛不须臾。

颔联化自王安石《金明池》“晴天白日春常好，绿发朱颜老自悲”。所谓“绿发”是指乌黑而亮的头发。“黄垆”典出南朝宋刘义庆《世说新语·伤逝》:“(王浚冲）乘轺车，经黄公酒垆下过，顾谓后车客:‘吾昔与嵇叔夜、阮嗣宗共酣饮于此垆……自嵇生夭、阮公亡以来，便为时所羁绁。今日视此虽近，邈若山河。’”后世因用“黄垆”作悼念亡友之辞。黄庭坚此联用“异物”“黄垆”来写人之境况，别有一种冷峻。

颈联两句暗合了一层递进关系，可以用“何况”作为其间的关联词:“近别”已经“难期信”，何况“地下相逢”？这一问句中其实已经包含了一个令人悲观的答案。“万化途中能邂逅”乃是让步语气，可以在前面加上“就算”两字来理解。所谓“万化”，既指包含着万千造化的自然世界，也指人自身的生命推移中的种种变化。由此，语意也就自然而然地顺接到了末句：就算总会有转机、变化，可是“可怜风烛不须臾”，短暂的生命已经无法容纳更多可能性了。剩下的，只有无限的遗憾。

未觉新诗减杜陵

——读《饮韩三家醉后始知夜雨》

醉卧人家久未曾，偶然樽俎对青灯。

兵厨欲罄浮蛆瓮，馈妇初供醒酒冰。

只见眼前人似月，岂知帘外雨如绳。

浮云不负青春色，未觉新诗减杜陵。

饮酒尽兴，乃是人间乐事，更何况是少有的在友人家喝到“醉卧”。

“兵厨”典来自阮籍，《世说新语·任诞》载“步兵校尉缺，厨中有贮酒数百斛，阮籍乃求为步兵校尉”，后人便以“兵厨”代称储存好酒的地方。“浮蛆”指浮在酒面上的泡沫，代指酒。“醒酒冰”黄庭坚自注：“予尝醉后字‘水晶鲙’为‘醒酒冰’，酒徒以为知言。”水晶鲙亦作“水晶脍”，是将切细的鱼、肉碎片配以佐料，经烹煮、冷冻后而成的半透明块状食品，是宋代一道受欢迎的凉菜。“人似月”，出自韦庄《菩萨蛮·人人尽说江南好》，“垆边人似月，皓腕凝霜雪”。“只见……岂知……”句式，将室内、室外两相联系，更突出酣畅淋漓之状。

“浮云不负青春色”一句，直接借自杜甫《崔评事弟许相迎不到应虑老夫见泥雨怯出必愆佳期走笔戏简》一诗：“浮云不负青春色，细雨何孤白帝城。”关于杜甫此诗，清人朱瀚曾有所指摘：“为一酒食，侵晓而待，亦太无聊。云不负春色，语尚可通，雨不孤白帝，便无意义。沾湿有何好处？醉则龙钟，何得体轻？“虚疑”“冲泥”，声韵颓唐。马行何必银鞍？且马又何必傍险？赴燕岂逃难耶。”或许正因如此，黄庭坚才“有底气”说出最末一句“未觉新诗减杜陵”吧。然而，最有意趣的地方在于，黄庭坚对杜甫尤为推尊，当他将自己与“偶像”比较而喊出“未觉”之句时，一副酒后兀傲自信的形象便跃然纸上，或许读者也会不由自主地跟着生出意气风发之感吧。

劳作的自由
——读《四月末天气陡然如秋，遂御袷衣游北沙亭观江涨》

沙岸人家报急流，船官解缆正夷犹。
震雷将雨度绝壑，远水黏天吞钓舟。
甚欲去挥白羽箑，可堪更著紫茸裘。
平生得意无人会，浩荡春锄且自由。

这首的颔联很妙，极开阔。“度绝壑”，写出了震雷由远及近侵袭而来的一种霸气；“黏”虽与“连”意近，却更显绵密，能体现物象之间的浑然一体和黏连无痕。

“紫茸”是花，谢灵运《于南山往北山经湖中瞻眺》：“初篁苞绿箨，新蒲含紫茸。”吕向注：“紫茸，蒲花也。”李贺《恼公诗》：“杜若含清露，河蒲聚紫茸。”“白羽”“紫茸”皆可指眼前实景，但分别在后面加上一字后，又变成了扇子、裘衣，景与人仿佛发生了亲密的肉身性关联。

类似的，尾联中的“春锄”也值得玩味。由于白鹭啄食的姿态有如农夫舂锄，所以也有了这个形象的别称。但同时，这个词本身的劳作意味却也自然而然地在读者的联想之中。我们不禁要回到前一句中去思考所得之“意”指的是什么。人在心有所得时，总是容易感到兴奋，想要和人分享，若是那种在心智劳作中所得的“意”则尤甚。发散开来说，尾联难道不正是寂寥却丰富的读书、写作生活的一种写照吗？

黄庭坚另有《池口风雨留三日》一诗，似乎可作对读：“孤城三日风吹雨，小市人家只菜蔬。水远山长双属玉，身闲心苦一舂锄。翁从旁舍来收网，我适临渊不羡鱼。俯仰之间已陈迹，暮窗归了读残书。”

叶 丹

读元好问

叶丹，诗人，1985年生于安徽歙县。出版诗集《没膝的积雪》（2013）、《花园长谈》（2015）、《风物拼图》（2019）、《方言》（2020）、《考古杂志》（2020）。

与山水订立的契约才可能永恒
——读《后湾别业》

薄云晴日烂烘春，高柳清风便可人。
一饱本无华屋念，百年今见老农身。
童童翠盖桑初合，滟滟苍波麦已匀。
便与溪塘作盟约，不应重遣濯缨尘。

在元好问的乱世生涯中，在后湾和内乡丁忧闲居的生活是生命中较安定平和的时光。他闲居乡野，在后湾还置田买房，展现出一种洗尽铅华、面貌一新的状态，此时的诗中出现了一些明亮鲜艳的色彩。

首联便展现出了诗人欣喜的心情。看着春天的“薄云晴日”、可人的“高柳清风”，这种安定的生活让诗人产生发自内心的喜悦。本来在颠沛流离的生活中能吃饱饭都是奢侈，但现在又动起了“华屋念”，把生活过得更好一点，古往今来的人不都是这样吗？这也是对生活由衷的热爱。何况衣食住行本就是最基本的需求。颈联“童童翠盖桑初合，滟滟苍波麦已匀”，桑、麦对应着衣、食，其实特殊时期，能满足的也就最基本的物质需求，大概正是因为苦难的日子成为日常，才会觉得这稍微安定的生活都已经是奢侈。

面对困境，元好问不是一个像苏东坡那样兼具洒脱与情趣的人，他应对苦难的方式是坚韧和忍耐。安家以后，他决心做个“老农身”，如他自己所说的“书生如老农，苦乐与之偕”，保全生命的同时，不辍耕读，以此对抗颠沛的时命。而尾联“不应重遣濯缨尘”中“不应”一词表明了元好问内心的挣扎，他明白自己这安稳隐居的生活是暂时的，出仕的执念依然还在心头占着上风。

不可能的隐逸
——读《渡湍水》

悠悠人事眼中新，悄悄孤怀百虑纷。
伎俩本宜闲处著，姓名谁遣世间闻。
秋江澹沱如素练，沙浦空明行暮云。
蚤晚扁舟载烟雨，移家来就野鸥群。

诗人乘舟渡河，场景如同舒缓的电影画卷，首联中两个叠词“悠悠”“悄悄”巧妙地控制了全诗的节奏，将整首诗的气息拉得平和且悠长。悠淡的画面让人几乎可以忽略他是在躲避战乱的旅途中。无论是近体诗还是现代诗，开篇首句“带节奏”的作用均受到了应有的重视，一首诗好不好，或者说能否吸引人，首句的节奏至关重要。这让我想起最近读到的一首美国诗人哈特·克兰（Hart Crane）的一首诗，诗名为《河的休眠》，开头是这样的：“柳树带来一种迟缓的声音，/风跳着萨拉班德舞，扫过草坪。”（胡续冬译）这样的开篇为全诗缓慢、温和的叙事节奏成功定调。

“秋江澹沱如素练，沙浦空明行暮云”，这宁静空明的自然环境，让诗人暂时远离了世间的烦杂。在元好问的乱世生涯中，安定和平的时光很少，而短暂的仕途生涯也让他体验到金朝政府与百姓的尖锐矛盾。深入了解过民生疾苦的诗人，主观上是不愿站在底层人们的对立面的。此刻，他似乎升起了出世念头。

孔子有言“道不行，乘桴浮于海”，李白也有“人生在世不称意，明朝散发弄扁舟”的诗句。舟船这种水上交通工具，此岸到彼岸，中间这浮沉的时刻，特别容易让人产生渡人自渡的思想。这一刻逃离的念头也在元好问心中升起——“蚤晚扁舟载烟雨，移家来就野鸥群”。元好问应该是个内心坚毅的人，在这句诗里，诗人难得展现出了他隐逸的一面，但作为一个具有强烈使命感与责任感的人，他应该是“下不了这艘船”的。因此诗文暗含更多的是诗人颠沛流离的无奈，以及对天下苍生身处乱世的担忧。

尾联中的“载”和“就”，两个动词用得极妙，如此动人的修辞放在诗尾镇全篇，让人赞叹。元好问的诗中，我更偏爱他的绝句。如果本诗写作时用的是五言，不知道诗人会不会这样写——扁舟载烟雨，移家就野鸥。

最贵是离别

——读《喜李彦深过聊城》

围城十月鬼为邻，异县相逢白发新。

恨我不如南去雁，羡君独是北归人。

言诗匡鼎功名薄，去国虞翻骨相屯。

老眼天公只如此，穷途无用说悲辛。

“有朋自远方来，不亦乐乎”，平常生活中是如此，更何况流离之中的旧友在异乡重逢。标题中一个“喜”字，单刀直入，真实又迫切地表达了诗人的喜悦，而此时对身陷囹圄的诗人来说，其中的欢喜和欢喜背后的酸楚，不是同类人是无法体验到的。在时代局势下，个人的生活都可以预想。朋友间这些都“无用说”。

本诗近乎直白，1233年金亡后，元好问等金朝官员被俘，拘管在山东聊城，元好问在痛苦而屈辱的囚徒生活中遇到老友来访。前四句几乎如寒暄般的词句脱口而出。苦难加身，两个老友间不用相互询问近况，因为对于现状的“世事”和各自的“身世”都彼此明悉。只是

“我”依然落在南国，而李君独自一人北归，简直是羡慕嫉妒，直到生“恨”。

这让我想到今年春节，我回到故乡，正好在外地工作的童年伙伴时隔三年返回故乡，我们一个在农村老家、一个在县城，因为匆匆的行程赶不及见上一面，后来我回他消息：我们踏上了这同一片土地，吃上了家乡的美食，就当是见过了。可见，无论是在什么年代，重逢都非常的珍贵。

卑微之词是寄存经世之心的最佳场所
——读《秋夜》

九死余生气息存，萧条门巷似荒村。
春雷谩说惊坯户，皎日何曾入覆盆。
济水有情添别泪，吴云无梦寄归魂。
百年世事兼身事，樽酒何人与细论。

天兴二年（1233），时年43岁的元好问被蒙古军围于汴京，卷入一场名誉是非中，被误解却又无处说。金哀宗逃出京城后朝中无主，崔立率兵向蒙古请降献城。崔立投降后自以为拯救了百万生灵，想立碑为自己颂功，碑文最初让王若虚、元好问来写，王、元又找到了太学生刘祁、麻革执笔，但仍因此受到士林非议，沉冤莫辩。自己历经劫难“九死余生”，如今还遭受非议备受冷落，“萧条门巷似荒村”，心情像“日光照射不进的覆盆”般黑暗沉痛。

忠君爱国是古时士大夫的基本行为准则，那元好问的“国”是何国？以我们后来人眼光，他生于斯长于斯的金朝，也曾是蹂躏中原大地的祸首，他在悲愤蒙古入侵的时候该如何对待自己金朝人的身份？

当然，元好问是儒家文人士大夫。文人士大夫以道统定正统，在金朝不辨夷夏、以汉治汉、开设科举的政策下，“内圣外王”折中两全，便自认为身处“北朝”；而且，大约在元好问出生的1190年，激烈的宋金对抗已逐渐平息，隆兴和议使金宋保持了40多年的基本和平状态，接受这种现状也就更加容易些，已经远去的史实和正在发生的灾难对于经历者是完全不同的感受；元好问除具有“北方文雄”的才气外，还有一股“英豪之气”，相比于向上的仕途攀登，他的目光更是向下注视的，民生至上，怀的是一颗经世安民之心。元好问向下的目光，既帮他排解了身为金人的尴尬处境，也铺就了他为人、从政、写诗的基石。

金亡后的元好问，抱着“今是中原一布衣”的态度，过着寂寞清苦的遗民生活。诗人“以诗存史”，在诗中记录着“百年世事兼身事”，并做起了修著金史的工作，《中州集》以诗存史保存了金朝文献，《壬辰杂编》也是元人修金史的重要材料。

曾国藩所选录的18家诗人中，元好问是最晚近的一位。曾国藩同样身处乱世，本诗中的“余生”“荒村”“坯户”“别泪”“归魂”，此类易于归类的词汇中所寄存的那颗士大夫的经世之心，透过诗选的摘取已难以藏匿。

杜甫的后代

——读《眼中》

眼中时事益纷然，拥被寒窗夜不眠。
骨肉他乡各异县，衣冠今日是何年。
枯槐聚蚁无多地，秋水鸣蛙自一天。
何处青山隔尘土，一庵吾欲送华颠。

元好问写诗提倡“自然”，尤其看重情性之“真”。此诗情感真挚、语言平实，仿佛是诗人感叹时的喃喃自语，正如清代大文学家、史学家赵翼在《题遗山诗》中说的“赋到沧桑句便工”。连标题都像是不经雕琢（也可以理解为另辟蹊径），直接从诗中摘取前面两个字来命名。

从诗中阅读到“时事”这个词时我感慨颇深，现代汉语继承了“时事”这个词，日常生活中也耳熟能详，但它似乎变成了新闻术语，其实“时事”还可以有更多的解读。在太平时日，时事仿佛是个事不关己的名词，但当发生全社会层面的事件，时事就与每个人密切相关。习惯了太平安稳的日子，不到实际发生，都不能体会疾病、战争等这些事情真实发生的感受。我们以为那是过去的历史，不曾想它会重演。

“眼中”直至心中，“时事”是更切肤的感受。而元好问当时回避不了的时事就是蒙古入侵，中原大地饱受战乱之苦。“纷然”，繁杂的“时事”却又大雪一般不可遏止地下坠，大厦将倾，诗人心中语言的柱子也已无法承载。他明白这种无可挽回的事实，但情感上却充满不甘和悲伤，以至于“不眠”“送华颠”。时事，是当时的事，是诗人亲身经历的，每个时代都有每个时代的时事。一如墨西哥诗人帕斯（Octavio Paz）所说“历史是我们的风景或背景”，当然这种超脱是精神上的，诗人用诗歌和语言自我慰藉，但无论如何，时人的苦难都是真切的。

感慨是老来行路的超重行李
——读《羊肠坂》

浩荡云山直北看，凌兢羸马不胜鞍。
老来行路先愁远，贫里辞家更觉难。
衣上风沙叹憔悴，梦中灯火忆团栾。
凭谁为报东州信，今在羊肠百八盘。

这首《羊肠坂》抒发了诗人旅途中的愁苦情绪，堪称一首中年凄苦版的“在路上”，还是在“羊肠百八盘”的山路上。前三联都是对句，尾联不对。

首联描述了眼前行旅途中的客观情况：前路难行、马匹羸瘦。颔联则抒发内心的主观情绪，年龄渐长对长途出行愈加发愁，而且此行是辞别留在聊城的家人，独自返回故里为搬家做准备，贫穷的家境让他独自上路的时候，心中充满担忧。“贫里辞家”的艰难，我们这辈人大概少有体悟，在父辈的故事中应该有更多的体会。

“老来行路先愁远，贫里辞家更觉难”，语言平淡却回味无穷，传达出了诗人“老贫”的凄切心境。在修辞上，对仗这种手法让本联形成一种整齐的、让人舒适的美感。这种修辞所形成的规整美感和无边的凄苦心情形成一种反差，仿佛是诗人在刻意收纳自己的情绪，将无边的凄苦规整在这格律的戒条中。

颈联“衣上风沙叹憔悴，梦中灯火忆团栾”，实写和虚写相结合，一句为现实的衣上风沙，一句为畅想的梦中灯火。中间两联的抒情，很好地完成了本诗的艺术性表达。尾联点题，阐明诗人行路于百八盘羊肠山路上，期待有人能去故乡报信并能早日返回故乡的心愿。全诗感情刻画精细，以平实的语言描绘真挚的情感，读来让人动容。

无人识的执著
——读《华不注山》

元气遗形老更顽，孤峰直上玉孱颜。
龙头突出海波沸，鳌足断来天宇闲。
齐国伯图残照里，谪仙诗兴冷云间。
乾坤一剑无人识，夜夜光芒北斗殷。

1235年，元好问应在济南任漕司从书的好友李辅之邀来到济南，遍游名胜古迹，留下了咏歌济南的诗词作品20余篇，《华不注山》即其中一篇。这首山水游历诗描写的华不注山原本是座水中山，待元好问来到济南时，华不注山却已不再是“水中山”了，只是因为雾气包围，而“遥望似水中山”。而60年后赵孟頫所画的《鹊华秋色》中，华不注山周围仍有渔舟农舍，大概是人们对这水中山的风景别有眷恋。

首联描写华不注山的外形，这座由“元气遗形”而成的山峰显得古老而顽固，因为它是一座拔地而起的陡峭孤峰。“玉孱颜”描写华不注山的色泽。在元好问的

《济南杂诗十首》中也有类似的对华不注山的描绘："华山真是碧芙蓉，湖水湖光玉不如。"颔联用神话传说中的意象"龙头"和"鳌足"作比喻，历史感和神秘感扑面而来。颈联"齐国伯图残照里，谪仙诗兴冷云间"叙述了两个关于此地的典故以咏叹历史。据《左传》记载，齐被晋大败后，晋军追齐军"三周华不注"。"谪仙"句则是指太白所写的关于华不注山的诗："昔岁游齐都，登华不注峰。兹山何峻秀，青翠如芙蓉。"尾联将华不注山这座孤峰比作"乾坤一剑"，纵然"无人识"，也仍然夜夜殷切地对着北斗星绽放光芒，这种顽强执着的精神是华不注山展现的态度，也是诗人自己的人生态度。而这种"无人识"的感叹应该也掺杂着对自己的惋惜吧？

真实的梦境

——读《出都二首》

汉宫曾动伯鸾歌，事去英雄可奈何。
但见觚稜上金爵，岂知荆棘卧铜驼。
神仙不到秋风客，富贵空悲春梦婆。
行过卢沟重回首，凤城平日五云多。

历历兴亡败局棋，登临疑梦复疑非。
断霞落日天无尽，老树遗台秋更悲。
沧海忽惊龙穴露，广寒犹想凤笙归。
从教尽划琼华了，留在西山尽泪垂。

《出都二首》是诗人因招回燕京离开后所作，感慨之情汹涌磅礴，似是不能收止。故国山河的感叹，对忧国忧民的士大夫来说最为沉痛。《出都》第一首以汉喻金，描写汉宫的穷奢极侈，通过一系列的对比，借用“觚稜上金爵”“荆棘卧铜驼”“秋风客”“春梦婆”的典故等，铺陈出物是人非的兴亡之感。第二首出都回望，场景虚实相间，虽然金国的灭亡已不容挽回，但诗人登临时却仍怀疑这是梦境，情感上的哀痛不能自已。颔联实写眼前所见，“断霞”“落日”“老树”“遗台”，寓情于景，通过主观色彩对景物的点染，抒发自己的亡国哀思。颈联转入神话场景，描写所想的“龙穴”“凤笙”。写此诗时，金王朝灭亡已近十年，但诗人的亡国之痛未有消解，还有着强烈的复国之执着——“广寒犹想凤笙归”，然而现实无可奈何，再多的不甘和幻想也只能将其压制，唯一能做的只是“留在西山尽泪垂”。

全诗对仗工整、引经据典、极尽铺排，似乎要穷尽自己所有的才华将这场朝代兴替之痛诉说殆尽。难怪曾国藩评价此诗“律切情深，句格秀整，诚为唐宋七律之后劲也”。这首亡国诗也确实用词语的密度和语言的功力撑起了整首诗严密的架构，浑然天成，犹如狄兰·托马斯（Dylan Thomas）诗中描述的有着“通过绿色导火索催动花朵的力量”。诗文内里也由作者激烈的情感强力推动着，性情与文字交织成全了本诗的完整气象。

在自己的书斋里旅行
——读《寒食》

上苑春风盛物华，天津云锦赤城霞。
轻舟矮马追随远，翠幕青旗笑语哗。
化国楼台隔瀛海，吴儿洲渚记仙家。
山斋此日肠堪断，寂寞铜瓶对杏花。

全诗前面三联有着轻歌快马、日行千里的畅快，因为诗人所乘是想象的“轻舟”。从尾联的叙述来看，诗人始终身处山斋未出远门，只是任由思绪跨越山河万里。在寒食节的祭日里，诗人用这样的“远游”方式又巡视了一遍故国山河。原来前三联的铺排不过是尾联的陪衬，前面的想象有多繁华，尾联的寂寞就有多深长。亡国后过着遗民生活的元好问，此时心中的哀痛似乎更多地化作对故国风土的怀念，“断肠”般的怀念之情如果只在心中郁结，结尾不免沉闷，并会有戛然而止的失落感，好在“寂寞铜瓶对杏花”句让整首诗情绪又一转，实现情绪三转，丰富了本诗中的情感表达，并将诗人心中的情感移于外物，正如王国维《人间词话》中所言“以我观物，故物我皆著我之色彩”。寂寞的铜瓶与杏花，这一组案上清供，承接住了这细腻又无奈的伤感。

寓情于景是古诗中的一种常用修辞手法，如诗人另一首《山中寒食》中“小雨斑斑浥曙烟，平林簇簇点晴川”一句，景物描写如中国画中的山水小景般朦胧淡远，诗文以景起兴，述说着诗人对“岁月流逝，心中慨然”的感叹。又如《颍亭》中的“春风碧水双鸥静，落日青山万马来”，严格的对仗以及动静的对比，让诗句呈现一股优美的张力。

不管是“有我之境”或是“无我之境”，景物通过诗人不断的创作都逐渐有了人文色彩，形成了一种富有情调的“中式”美感。原因大概就在于，诗人在满怀感叹心中郁结时，不单单地将所抒之情团缩在自己情绪中，而是将情感推至天地，让这份愁绪点染山河人间。情与景相杂，显得更加开阔和隽永。山与水、风、花、雨、树每一样都可以寄情，也让诗歌创作更加丰富多彩。

没有弃念的绝笔诗

——读《病中感寓赠徐威卿兼简曹益甫高圣举》

读书略破五千卷，下笔须论二百年。
正赖天民有先觉，岂容文统落私权。
东曹掾属冥行废，乡校迂儒自圣癫。
不是徐卿与高举，老夫空老欲谁传。

这首据考证是元好问的绝笔诗。在生命将尽之时，诗人最为忧心的是“文统”的传承。金朝与宋朝文派一脉相承，既论“道统”亦论“文统”，而现在金灭元起，文脉当何?

元好问在金亡后一直以保存中原文化为已任，“文统”是他赖以生存的生命寄托。“文统”的传承也是金朝遗士的文化使命，元好问在与友人的赠答诗中也常有提及，如《答潞人李唐佐赠诗》诗云:“文章有圣处，正脉要人传。”这首绝笔诗更是将“文统”的意识倾吐而出。诗中首联“读书略破五千卷，下笔须论二百年”是对正脉“文统”的要求，颔联“正赖天民有先觉，岂容文统落私权”阐明诗人对“文统”的自觉维护的决心。颈联中“东曹掾属”是汉朝公府中的一个官职，主掌选拔迁除，“冥行废”表示朝代更替下官吏制度的变迁，“乡校”一般指地方学校，“迂儒自圣癫”，诗人通过自讽传达了对“文统”传承的担忧。尾联和标题中提到的徐威卿、曹益甫、高圣举都是元好问的后生。在诗文的最后，诗人委婉地将“文脉”传承的重任交托给了这些年轻力量。个体生命总是有限的，但未来是无限的，所以虽然有担心，但仍然有希冀和展望。

大约当生命将终，自己百事不能为，只能将希冀与重任托于下一代，“文脉”上如此、生活上也是如此。诗人在《同儿辈赋未开海棠》中写到“爱惜芳心莫轻吐，且教桃李闹春风”，花开花落让人感慨，但他始终偏爱的是高洁的海棠，如他挂念的文脉。

下篇 | 天成的诗心

苟燕楠

读陶渊明

苟燕楠，教授、博士生导师，1972年生于甘肃天水。出版《预算执中》《绩效预算：模式与路径》等专著，翻译出版《财政：理论与实践》《公共预算体系》《预算过程的新政治》《公共财政：分析与应用》等专著，长期为各级政府提供公共预算与财政管理领域决策咨询。

得酒莫苟辞

——读《形赠影》

胡为不自竭

——读《影答形》

不喜亦不惧

——读《神释》

守拙归园田

——读《归园田居　其一》

但道桑麻长

——读《归园田居　其二》

带月荷锄归

——读《归园田居　其三》

依依昔人居

——读《归园田居　其四》

荆薪代明烛

——读《归园田居　其五》

得酒莫苟辞

——读《形赠影》

天地长不没，山川无改时。

草木得常理，霜露荣悴之。

谓人最灵智，独复不如兹。

适见在世中，奄去靡归期。

奚觉无一人，亲识岂相思。

但余平生物，举目情凄洏。

我无腾化术，必尔不复疑。

愿君取吾言，得酒莫苟辞。

永恒变化的自然界，无常、无住、无情、无奈的人世间，没影儿的事，不执着，不苟且。

天地长不没，山川无改时。是永恒。

草木得常理，霜露荣悴之。是变化。

谓人最灵智，独复不如兹。是无常。

适见在世中，奄去靡归期。是无住。

奚觉无一人，亲识岂相思。是无情。

但余平生物，举目情凄洏。是无奈。

我无腾化术，必尔不复疑。是领悟。

愿君取吾言，得酒莫苟辞。是顺生。

自强不息别躺平，和而不同勿内卷。优哉游哉，聊以卒岁。

正所谓：

滚滚长江东逝水，浪花淘尽英雄。是非成败转头空。青山依旧在，几度夕阳红。　白发渔樵江渚上，惯看秋月春风。一壶浊酒喜相逢。古今多少事，都付笑谈中。

又所谓：

人生南北多歧路，将相神仙，也要凡人做。百代兴亡朝复暮，江风吹倒前朝树。　功名富贵无凭据，费尽心情，总把流光误。浊酒三杯沉醉去，水流花谢知何处。

胡为不自竭

——读《影答形》

存生不可言，卫生每苦拙。

诚愿游昆华，邈然兹道绝。

与子相遇来，未尝异悲悦。

憩荫若暂乖，止日终不别。

此同既难常，黯尔俱时灭。

身没名亦尽，念之五情热。

立善有遗爱，胡为不自竭？

酒云能消忧，方此讵不劣。

人生意义何在？如果生命没有穷尽，如果生活幸福美满，如果方外如愿可至，何必自寻烦恼。但生命有限，悲悦无常，形影不离，终有一别，身没名尽，岂不悲哉！人生的困境如何化解？酒能消忧，但举杯消愁愁更愁，短暂的沉醉后，惆怅还依旧。唯有竭力向善，可能立功，可能立德，可能立言，方可能不朽。诗中有人生的困惑："存生不可言，卫生每苦拙。"命运的真实面：

"身没名亦尽，念之五情热。"更有不依傍命运和外物的出路："立善有遗爱，胡为不自竭？"

抱定"天道无亲，常与善人"的信念，有吉凶悔咎，有喜怒哀乐，终日乾乾在漫漫人生旅途上。《论语·宪问》有言："不怨天，不尤人，下学而上达，知我者其天乎！"信哉斯言。

不喜亦不惧
——读《神释》

大钧无私力，万理自森著。
人为三才中，岂不以我故！
与君虽异物，生而相依附。
结托善恶同，安得不相语！
三皇大圣人，今复在何处？
彭祖爱永年，欲留不得住。
老少同一死，贤愚无复数。
日醉或能忘，将非促龄具！
立善常所欣，谁当为汝誉？
甚念伤吾生，正宜委运去。
纵浪大化中，不喜亦不惧。
应尽便须尽，无复独多虑。

神之释，是篇神释。

“大钧无私力，万理自森著。”无私力，透彻！自森著，生动！道尽一切，余篇演绎而已。天何言哉？万物生焉，四时兴焉。“人为三才中，岂不以我故！”自信；“与君虽异物，生而相依附。”深情；“结托善恶同，安得不相语！”坦荡。向往神形兼备，注定形影不离，难免神灭形消。天道无亲，长生无望，三皇已矣，彭祖长逝。“日醉或能忘，将非促龄具！”酒无奈，年华空度，欲益反损。“立善常所欣，谁当为汝誉？”善偶然，知音难觅，遗爱无闻。“纵浪大化中，不喜亦不惧。”乘兴而来，纵身跃入永恒变化，从容中道，优哉游哉。“应尽便须尽，无复独多虑。”运命唯所遇，循环不可寻。生命在永恒的流逝中完成，好也罢，坏也罢，不舍昼夜。

守拙归园田

——读《归园田居　其一》

少无适俗韵，性本爱丘山。

误落尘网中，一去三十年。

羁鸟恋旧林，池鱼思故渊。

开荒南野际，守拙归园田。

方宅十余亩，草屋八九间。

榆柳荫后檐，桃李罗堂前。

暧暧远人村，依依墟里烟。

狗吠深巷中，鸡鸣桑树巅。

户庭无尘杂，虚室有余闲。

久在樊笼里，复得返自然。

桃李园，南野田，远人居，好个园田居！

归，是回归，是率性。

“少无适俗韵，性本爱丘山。”俗韵即乡愿，德之贼也。仁者乐山，志于道。

“误落尘网中，一去三十年。”三十年河东，遍历人世间荣辱进退，无非尘网尘劳、风尘仆仆。

“羁鸟恋旧林，池鱼思故渊。”桃花源、理想国渺不可及，身处樊笼、方池，或入于林，或跃于渊，思恋绵长。

“开荒南野际，守拙归园田。”在荒芜的田野开农田，在荒芜的人生开境界，得下决心，费力气。“际”字好，在人生转折的边缘紧握际遇。为何要守拙？名利卷走一切，既然拙于名利，何不守拙归园田！

“方宅十余亩，草屋八九间。榆柳荫后檐，桃李罗堂前。”多乎哉？不多也。够不够？够了。有田可耕，有屋可居，榆柳有荫，桃李结实，摆脱尘网得自在。

“暧暧远人村，依依墟里烟。狗吠深巷中，鸡鸣桑树颠。”各安其道，各行其事，和而不同，美美与共。

“户庭无尘杂，虚室有余闲。”无尘网，所以无尘杂，无丝竹乱耳，无案牍劳形；有自由，所以有余闲。虚室生白，吉祥止止。

“久在樊笼里，复得返自然。”无往不复，艰贞无咎。身逢乱世，樊笼羁绊三十年，惟归园田居，方得返自然。复，其见天地之心乎？

但道桑麻长
——读《归园田居　其二》

野外罕人事，穷巷寡轮鞅。

白日掩荆扉，虚室绝尘想。

时复墟曲中，披草共来往。

相见无杂言，但道桑麻长。

桑麻日已长，我土日已广。

常恐霜霰至，零落同草莽。

“野外罕人事，穷巷寡轮鞅。白日掩荆扉，虚室绝尘想。”罕人事，寡轮鞅，掩荆扉，绝尘想，白描出一方尘世净土。归园田居，止生定，定生静，静生安，有意躬耕，无心名利。草木有本心，何求美人折？

“时复墟曲中，披草共来往。”时复者，时时归，及时归。批草者，园田将芜，野有蔓草，胡不归？

“相见无杂言，但道桑麻长。”身逢乱世，多言取祸，念兹在兹，但道桑麻。

“桑麻日已长，我土日已广。”两个“已”字好，岁月悠长，喜悦悠长。

“常恐霜霰至，零落同草莽。”一旦时代风暴来临，孰能置身事外？园田居不是桃花源，世事无常，隐忧深沉是这首诗的底色。

带月荷锄归
——读《归园田居 其三》

种豆南山下，草盛豆苗稀。

晨兴理荒秽，带月荷锄归。

道狭草木长，夕露沾我衣。

衣沾不足惜，但使愿无违。

八句诗，摇曳生姿，阴阳开合，从容中道。第一、二句和第五、六句，是现实与困境；第三、四句和第七、八句，是作为与出路。

“种豆南山下”，躬耕陇亩，自食其力，自强不息。

种瓜得瓜，种豆得豆，是理想。“草盛豆苗稀”，是现实。

“晨兴理荒秽”，“兴”字好，动中有静，振作精神，黎明即起。“理”字好，静中有动，心平气和，要在荒秽的人生中理出个头绪。

“带月荷锄归”，平凡到家，浪漫到底。明明如月，何时可掇，忧从中来，不可断绝。带月，带着理想，也带着忧愁，没有忧愁便没有理想。荷此长耜，耕彼南亩，四海俱有。荷锄，肩负责任，也肩负命运，负重前行，命运无常，天道酬勤。

“道狭草木长”，道狭，知者少，行者少；草木长，看不清，有羁绊。路漫漫其修远兮，道路狭，愈显草木长；草木长，映衬道路狭。人心惟危，道心惟微，行路难，多歧路。

“夕露沾我衣”，厌浥行路，岂不夙夜，谓行多露。劳作终日，道阻且长，夕露沾衣，难免歧路彷徨。

“衣沾不足惜，但使愿无违”，人生的感叹，亦是人生的出路。自反而缩，虽千万人，吾往矣。

依依昔人居
——读《归园田居　其四》

久去山泽游，浪莽林野娱。
试携子侄辈，披榛步荒墟。
徘徊丘垄间，依依昔人居。
井灶有遗处，桑竹残朽株。
借问采薪者，此人皆焉如？
薪者向我言，死没无复余。
一世异朝市，此语真不虚。
人生似幻化，终当归空无。

这是青春的挽歌，也是人生的离歌。

这是平实的诗，也是深沉的诗。

这是消极的诗，也是积极的诗。

这首诗记录了一次多年后的游历，没有山泽与林野的游娱，唯有荒墟与丘垄的感叹：“一世异朝市。”

携子侄辈故地重游，却发现青春已无影无踪。

景物的铺陈是实写，也是象征。“荒墟”便是那片青春的荒原，“丘垄”是一处处青春的里程碑，埋藏多少故人和往事；“井灶”是青春的烟火气，早已烟消云散；“桑竹”是青春的歌舞场，毕竟人去楼空。“薪者向我言，死没无复余”，没商量，没余地。

“人生似幻化，终当归空无。”无处可逃，原来如此。

既然如此，我当如何？

诗里藏着渊明之问，也正是你我之问。

荆薪代明烛

——读《归园田居　其五》

怅恨独策还，崎岖历榛曲。

山涧清且浅，可以濯吾足。

漉我新熟酒，只鸡招近属。

日入室中暗，荆薪代明烛。

欢来苦夕短，已复至天旭。

平凡自然，从容见道，是渊明不可及处。

王维的"兴来每独往，胜事空自知"是只身探幽，自得其乐。渊明的"怅恨独策还，崎岖历榛曲"是意兴阑珊后的归来，来者可追，道阻且长。

"山涧清且浅，可以濯吾足。"尘劳在清浅山涧中洗净。如此轻松超脱，又如此可望而不可即。

"漉我新熟酒，只鸡招近属。"把家常生活明明白白写出来，朴素亲切中有深意。"近属"参不透，功夫便白费了。

"日入室中暗"，是岁暮的惆怅、时代的无奈。"荆薪代明烛”，则是自然的力量、摇曳的生机。

“欢来苦夕短，已复至天旭。”快乐难得，选择快乐，坚守快乐，自然光明。

肖 水

读王维

肖水，诗人、译者、学者，1980年生于湖南郴州。出版诗集《两日晴，郁达夫》（2021）、《渤海故事集》（2016）、《艾草》（2014）、《中文课》（2012）、《失物认领》（2012），出版译著《草坪的复仇》（2022）、《布劳提根诗选》（2019）、《在美国钓鳟鱼》（2018）等。曾获北大“未名诗歌奖”（2005）、《上海文学》诗歌新人奖（2006）、诗探索奖·新锐奖（2009）、“三月三”诗会奖（2012）、建安文学双年奖（2017）、上海作协会员年度作品奖（2017）、“华语青年作家奖”诗歌提名奖（2017）等。现任教于上海大学文学院。

走出大唐芙蓉园

——读《奉和圣制赐史供奉曲江宴应制》

王曲东岳庙的门闩

——读《从岐王过杨氏别业应教》

辋川隔山岳

——读《从岐王夜宴卫家山池应教》

屋顶的鸱尾

——读《和尹谏议史馆山池》

河岸另一端

——读《酬张少府》

苍翠之墟

——读《辋川闲居赠裴秀才迪》

在二十一世纪

——读《山居秋暝》

嶙峋与无垢

——读《终南别业》

看僧人绕塔

——读《过香积寺》

猿声

——读《送贺遂员外外甥》

走出大唐芙蓉园
——读《奉和圣制赐史供奉曲江宴应制》

侍从有邹枚，琼筵就水开。

言陪柏梁宴，新下建章来。

对酒山河满，移舟草树回。

天文同丽日，驻景惜行杯。

读此诗，忆曲江。2009年初夏，第二届中国诗歌节开幕式在曲江大唐芙蓉园举行。走出那座筑在高台上的新宫殿，东南望，影影绰绰的，望见的或许就是曲江池那片葫芦形的水面。王维来过这里，泛舟，举起酒杯，还有李白和杜甫。这里狭窄、弯曲的水面，因为他们的写作，而千百年来加入了无数人的影子，我是其一。我也按诗歌节的要求为西安写了一首诗，但从未收入过诗集。如果这首诗能印出来，我想送给已故小说家陈忠实。那一夜，大唐芙蓉园高朋满座，我和“80后”诗人郑小琼、李成恩、董玉方坐在末桌，正好靠近入口，可以将主持人播报的主宾名字和他们的脸一一对应起来。念到“陈忠实”，我竟然站了起来，越过红毯的边缘，走到他面前，紧紧地去握他的手。我清晰地记得他上下眼睑布满了泛白的小肉瘤。他用农民的嗓音与我说话。他让我觉得做个陕西人也值得夸耀。那一夜，我忘记自己是否握过诗人的手。

附旧作：

长安

1

出城，向东

十里

柳叶已青，风在

少妇的指尖、离人的额头

堆起云絮，

三两残破的笛声

2

远处，亭上

有一片孤云

杯倾落

几只雀鸟穿过酒里的

湖

3

慢慢，慢慢，踱上溪桥，

幽州，

在三千里外的马背上

从此不见

从此细细数风声

4

现在，

塔影渐稀，高高的城楼，变成一痕

晦涩的雪

2009.5.26

王曲东岳庙的门闩
——读《从岐王过杨氏别业应教》

杨子谈经所，淮王载酒过。
兴阑啼鸟换，坐久落花多。
径转回银烛，林开散玉珂。
严城时未启，前路拥笙歌。

山西是王维老家。王维生于蒲州，祖籍祁县，皆是晋地，前者今属运城，后者属晋中。我几乎每年都要去山西，访古也问今，坚持逾20年。

记得有一次与诗人洛盏同行，去运城与晋中中间的临汾，寻王曲东岳庙。村庄空落，却有不少老人聚在庙门晒太阳。他们皆不说话，默默地，看我们摇下车窗，下车，往背朝来路的大殿琉璃屋脊走。

门虚掩，轻推，能听到门闩歪落的声音。然后，是一种蓄积已久的芬芳侵身而入。

我们在门口站定，呆呆地，望着整座庭院铺盖一层槐花，星星点点，细细密密。雾雨昨晚下过，地面上却湿痕难觅，倒是槐花的蕾里不少承了泛着亮光的露珠。

我们踮脚尖走了进去，尽量踩在落花疏少之处。又在院子中央，站定，良久。诗人与时空的互证？还是，我们都于静默中更换了体内的一部分电池？或者，还有多少人曾与我分享过同样入定的时刻？等我们“醒来”，我们会不会形如羸人、须发恒长？

戏台是元代遗构，古朴，敞朗，一簇槐枝几乎要架到了它的前檐上。民国时，村人又在台上增一卷棚顶抱厦，顶悬“古韶遗音”木匾。不记得那天是否有过鸟叫，也没有人尾随我们而来。

在上海，在西安，在郴州，我向朋友们介绍我探访古建的奇遇时，屡次从手机里翻出王曲东岳庙的照片，重温那一地落花，内心静谧。

如果允许，来年该带一瓶老汾酒，招呼三两好友重来。让擅晋剧者登台，或者，就以酒酹地，盘腿入泥，独揽一院空寂、冷香。

辋川隔山岳

——读《从岐王夜宴卫家山池应教》

座客香貂满，宫娃绮幔张。

涧花轻粉色，山月少灯光。

积翠纱窗暗，飞泉绣户凉。

还将歌舞出，归路莫愁长。

少年时，对应制、应令、应教之类的诗，颇不耐烦。但随年龄渐长，对陷入各类处境不可自拔中的他人，往往增加了同情的理解，就像在夜深人静时对被俗世之网愈缠愈紧的自己，我既嘲讽又怜悯一样。我们高估了自己。在想象图景中，我们将自己的身影端端地挂在了墙上。而事实上，面对权力，即便坚定地排除了迎合或对抗，我们又能在熙熙攘攘的大道中，以冷观偏于一隅吗？

同作为岐王李范的座上客，杜甫在《江南逢李龟年》中以回忆之悠长写人，王维在本诗中却以时光之一瞬状景。安史之乱后的流落，在前诗中浑然无迹又凄凉满眼。两诗相较，岐王夜宴的芳华，刹那间变得面目可憎，显然为其后的世事残败做了些许注解。有意思的是，王维在直叙宴席之盛让涧花、山月逊色后，视线竟然转投到了积翠和飞泉。两者看似宴席精致可辨的背景，以“暗”“凉”之质，衬托了宴席之“亮”“热”，却也透露出诗人对那些沉潜之物的偏爱。王维久在其中，却偏向了边缘与暗处。至少他靠近了这样的姿态。姿态也是一种诗学。

这种姿态展示着王维的明通与清醒。写作此诗的开元八年（720），岐王宅里寻常见的几位朝臣以“与岐王范游宴，仍私挟谶纬”“数与范饮酒赋诗”而坐罪。王维仍在守选，尚无官身，不在“禁约诸王，不使与群臣交结”之列，但估计也吓出了一身冷汗。次年，王维匆忙调太常寺太乐丞，有主动偏离制举之途以求避祸之嫌。再一次，王维选择了边缘与暗处。在同年写作的《送綦毋潜落第还乡》里，“远树带行客，孤村当落晖”之句，似乎也暗示了某种明暗相通、焉知非福的意味。

卫家山池在何处？当在长安周遭。查蓝田县辋川镇有卫家村，近处两河相汇，称两河湾。在唐朝，不知是否就是此处曾建山水宅院，绮幔艳舞，叠翠飞泉，让王维不愁归路长。2019年11月，我与郴籍画家李伟、白俄罗斯诗人白哲翔等友人沿灞河而行去蓝田，先访水陆庵，再访蓝田猿人遗址及玉山酒庄。一路我都在想要不要拐到一山之隔的辋川去。

我想，我们其实重临的不是繁华，而是困境。王维的困境，也是我们自己的困境。走到一丛废墟面前，任山川、形物、磁场包围、消耗我们，最好也点化我们。

屋顶的鸱尾

——读《和尹谏议史馆山池》

云馆接天居，霓裳侍玉除。

春池百子外，芳树万年余。

洞有仙人箓，山藏太史书。

君恩深汉帝，且莫上空虚。

尹愔的史馆，其实在大明宫之内。

我曾两访大明宫遗址，第二次是在陕西历史博物馆看了《唐懿德太子墓阙楼仪仗图》之后。该壁画被剥离后，安置于镜框之中。画中阙楼高如双人，施以赭，三出，庑殿顶，正脊两端饰有高高翘起的鸱尾。我恰在大明宫遗址博物馆看到了一件高达150厘米、令人瞠目结舌的鸱尾原物，虽采自唐太宗昭陵献殿遗址，却能瞬间提供那个时代一切巍峨宫楼的想象。查史馆就在大明宫含元殿东北，门下省之南，与弘文馆同近皇帝的办公之所。如果开元二十五年（737）春，与诗人王维、道士尹愔一起，站在史馆山池旁，大概抬头便轻易能看到那高台之上的含元殿屋顶的鸱尾吧。

可看到了，又怎么样呢？王维崇佛，尹愔修道，而我执迷于他们留下的废墟。这些废墟或许还会继续颓败下去，真正变成“空虚”，只留存在天际，怀想，想象。

而只有少数人，能成为废墟。

附旧作：

菩提寺

在山里，如果你遇到一个男子
他自称王维，从唐朝来

请留住他，不远的渡口有他
找了一千年的船，到遥远的天竺去

2007.4.19

又及，尹愔乃秦州天水人，博学，尤通《老子》书。与我同访陕西历史博物馆的敬先生，亦天水人，长我10岁，博学，善酒，通古今。从陕西历史博物馆出来，我们再出城，上少陵原，拜谒兴教寺玄奘舍利塔。

再及，“鸱”在《山海经》中则是指有3个身子的怪鸟，《太平御览》则记“唐会要目，汉相梁殿灾后，越巫言，‘海中有鱼虬，尾似鸱，激浪即降雨’，遂作其像于尾，以厌火祥”，以鸱尾状激浪。大概王维没有想过，不管有没有火，不管我们是在宫内或是在宫外，我们其实都在一场雨中。

河岸另一端

——读《酬张少府》

晚年惟好静，万事不关心。

自顾无长策，空知返旧林。

松风吹解带，山月照弹琴。

君问穷通理，渔歌入浦深。

我的外祖父吴章炳老先生以97岁高寿安详辞世。在从山村住进城市的近20年里，他绝少说话。即便我一年两次由沪返湘去看他，他也只是从沙发上稍稍欠欠身，向我报之以微笑。我觉得他可以活120岁。他少时上过私塾，民国时以贩卖棺材为生，再后来一把锄头、一顶草帽、一件蓑衣，又与田地相伴了50年。然而，村内各家各户的春联，又多出自他之手。我多次回想起那片深冬注定被冰冻的高山泥屋，它们的门楣上是如何闪现出喜庆的红色来的。他去世前一年，精神尚好，我忽然想留下一幅他的字。他微笑着，表情想拒绝，又从嘴巴里蹦出来一个“好”字。铺开宣纸，他几乎已握不住笔。他就在墨汁流溢的纸面上，写下了“家和万事兴”五个字。

我的外祖父与王维生活在时间的两端，也生活在梦想的两端。王维在这首诗里以隐逸之景、恬淡之境，发了一顿牢骚。山林、松风、山月是魏晋以来文人习惯性的语言玩具，“解带”与“弹琴”倒是他个性化的布置，带着他个人的体温。王维精通音律，开元九年（721）已为掌乐之官太乐丞。他抚过的古琴，听过和唱过的渔歌，与我们普通人的殊为相异。就像那些强力诗人选择的每个词，其实已经不是“那个”词了。它展现在我们面前之时，已经被诗人放大，甚至无限放大。他跳入其中，仔细去摩挲、体味，融入他的体温、盐分以及魂的一部分。王维的关于自己壮志难酬的牢骚，多么美丽。而且，他为其惆怅之幽深，布置了一条长而望不到边的河岸。

离开王维，我依旧想起我外祖父。他也有惆怅，但他没有寄托之所。外祖父曾被迫做过极短时间的伪甲长。十户一甲。“文革”期间，作为一个农民，他屡次被侵扰。来人多次翻开猪圈的淤泥，去寻找一把他们想象中的枪。

他确实与我钟爱的王维，在所有线索的两端。

苍翠之墟
——读《辋川闲居赠裴秀才迪》

寒山转苍翠，秋水日潺湲。
倚杖柴门外，临风听暮蝉。
渡头余落日，墟里上孤烟。
复值接舆醉，狂歌五柳前。

20世纪八九十年代，我还经常接触到“墟”这个词。

在湘南，“墟”便是乡镇集市。相邻的墟开市日期互相约定，一个一三五，另一个便二四六。开市日极其热闹，一过便萧条异常，留下小青瓦屋顶，空空的一排摊位。而站在更远处看它们，地理的或时间的，就能发现它们其实就在大山的围拢之中，而它们肮脏的沟渠往往侧身沿着马路，连通了附近的一条河。我曾多次躲开父母的午睡，从高高的山崖上，直接往涌动着白沫的激流里跳去。

在南溪乡，我从水里钻出来，能看到王维写过的

“苍翠”向我头顶压过来。水很清，流得也不紧不慢。鱼都藏在石缝里，或者在它们逆着河流往上洄游时，能看到它们的鳞片反射出太阳的光。不远处的河岸，在几亩稻田之后，是我祖父借住的泥房子。主人也用柴木、竹片围成了一个小庭院。祖父那时已经昏聩，口水直流，只能拄着拐杖，颤巍巍地走出厅屋晒太阳。

接纳我祖父的必定是午间的太阳，它给了他最后的安抚。他眯着眼，开合之间，他的时间很快就到了。那是寒冬，烤火时，烧着了裤脚，但他浑然不知。我父亲跳过河里的几块石蹬，急匆匆赶来。安放在地洞里的同一堆炉火，照亮了祖父满下半身的水泡。

王维去世时60余岁，我祖父也是。他们的木杖，各是什么样子？王维在山水田园的一片深秋暮色中迎接裴迪，一个秀才，裴迪喝醉了，开始表演。我祖父在冬日最后的黄昏里迎接我父亲，一个下村途中被追回的28岁的乡干部，他把自己的父亲抱在怀里，问他想吃什么。

在二十一世纪
——读《山居秋暝》

空山新雨后，天气晚来秋。

明月松间照，清泉石上流。

竹喧归浣女，莲动下渔舟。

随意春芳歇，王孙自可留。

读王维，其实是期待王维引发我们的记忆。王维这样的大诗人的独特性就在于他能覆盖和刷新我们的记忆。因为他的灵动、深入，轻易就替换了我们记忆的粗鄙、浮华。而且在他的诗歌内部，埋伏了悠长的通道，通向他之前的历史，也通向他之后的我们。

我总是想说，《山居秋暝》太好了。好到读过一次，便可不再读。而我们只需遭遇同样的“景”与“境”后，忽然想起读过它。我们需要的是读过他的体验，而不是这首诗。

2014年9月，我和子昂伉俪等人自驾去宣城。车行路上，脑子里想着的是李白《独坐敬亭山》。此诗写鸟飞云散，却有万物皆为我而备之感。但我们的目的地查济古村偏在西南，与敬亭山南辕北辙。我们穿城而过，途经泾县买了一刀宣纸，再擦着桃花潭直抵山谷之地。

查济古村可能是我最喜欢的古村。徽派的古建筑群并不罕见，难得奇巧的是它们如何分布。或者说，它们以一种什么样的结构分散开来，却能稳稳地端坐在我们的记忆里。

查济古村缘山溪而建，溪不过三五米宽，但蜿蜒游走，清澈照人。更重要的是，它深深地落在两侧的古青石板路之下。人走下去，便也是隐没其间：掬水在怀，或探脚入水，或听洗衣村妇的捶衣声，或看着她们在水中甩动蔬菜，那些破碎的枝叶随水流而去。

那天晚上，空气清凉，似乎没有月光，我们就坐在溪边的洗衣石上喝酒。溪水浸没脚踝的感觉，像轻抚，像挽留。后来喝醉了，大家便打起了水仗。玩累了，我们就在德公厅屋旁的长廊上坐下，继续喝酒。子昂喝着喝着，就哭了。

我记得那天子昂脖子上挂着一串佛珠，T恤背面印着大大的“戒律”两字。梦茹穿着黑短裙，红色衬衣上缀了很多条对游的鲤鱼。去喝酒前，我们盘坐在祠堂的地上，又在一个古药店繁密的花丛里，拍了好些照片。我去一家古玩店买了一方残砚，砚池里结网，住着一只老蛛。等快天黑，本来不多的游人又渐少，就跳进了溪水里。梦茹戴着刚买的苇帽，手里提着苇篮，侧着身子。面对我的镜头，子昂高高地，向我递过来他刚从溪壁上偷摘下的一个南瓜。他的眼睛笑得眯成了一条长长的细缝。

那一年我三十老几，而子昂大学毕业入律师行不久。

在查济古村，我想，我们或许都是王维，也只能是王维。

嶙峋与无垢

——读《终南别业》

中岁颇好道，晚家南山陲。

兴来每独往，胜事空自知。

行到水穷处，坐看云起时。

偶然值林叟，谈笑无还期。

有一年去桐庐参加诗歌节，住在一对著名诗人夫妇别墅对面的半山酒店里。山顶有一佛寺，主人约好了唯一的僧人下山与我们茶叙。过石桥，左近，一棵宋代的古樟，拾级而上，过人高的小庭院中几棵挂青果的柿子树。僧人说话带建德腔，像我的好友陈错。我留意到他架着眼镜，穿着布鞋，与我们谈寺中俗务，不作机锋、玄言，间或在我们中间沉默。他可能年龄比我还小。

王维的名与字皆来自维摩诘，其意为“无垢”。王维9岁作诗文，继而擅书画、音律，又在跌宕反复中为官，倒不像“在家菩萨”。读他18岁时写的《洛阳女儿行》，真被“春窗曙灭”句中隐匿的情欲所惊醒，但他的《少年行》《使至塞上》《陇西行》等游侠诗、出塞诗又磊落、豪迈，令人愿千里来交。开元十七年（729）始他从荐福寺道光禅师学佛，时年27岁。但此诗写作时已到了开元二十九（741）年，时年40岁。这便是我去桐庐时的年龄。我和王维一样写了30年诗，也被自己的取与舍在必然和偶然里安放。

第二天的活动安排在下午，我早早地起来，决意不惊扰众人，独自打车从旧县去30公里外的梓洲村去。远处可以看见江面，我便请司机帮我指出严子陵钓台的位置。景区很大，亭台楼阁不甚了了，但很快随着江水在后视镜里慢慢退去。车一直在山路里行进，两侧的山均以“某尖”命名，可见峡谷之深。偶尔见几座房屋，都是挂在山崖下的河岸处。司机问我车停在哪里，我说不知道，我也在找。我说那是一座古桥。地图上显示即将到达梓洲加油站，在孤零零的一座小饭店对面，一座文保碑的影子从车窗玻璃上擦过。司机把车倒回去。

这座西山桥落在峡谷之间，略高于公路路面，不见压桥石，装监控器的人将废料随意丢弃在长满了狗尾巴草的桥面上。司机说他回浦江县走这条路十几年，从未见过路边有座古桥。这是座条石折边单拱桥，采用单拱纵联分节并列砌置法建造。五边形，每边以六根竖向石条上顶两根横向石条为一组，共五组，38根石条构成拱架。钻到桥下，就能看到所有石条赫赫地裸露着，未经打磨，凹凸随性，压在拱架上的桥面青石也凌乱不堪，像一个耄耋老人在集市空地上，脱衣，袒露嶙峋的肋骨。这座桥建于南宋咸淳元年（1265），确有700余岁。在80公里外的义乌赤岸镇，也有同样式的一座古月桥，建于南宋嘉定六年（1213），我也去过。那座桥更大，用料考究，堆砌平整，周遭一派田园风光。

盘桓半小时，准备返程，却发现尝试任何打车软件，都无人接单。天气炎热，内心焦急，只得去对面的小饭店，借买水之名，试问能否搭食客的顺风车。食客皆反向去往浦江。又问店主能否租用他的小货车，店主答没有时间，但他说有班车去桐庐，再看墙上的钟，却不敢确定车是否已经走了。他妻子听闻动静，从厨房里钻出来，一手拿着锅铲，一边帮我给司机打电话。电话始终没有接通，远远一有动静，店主便探出门去，帮我留意班车的身影。我来前刚饱食了一顿，又担心班车突至，实在没有办法照顾他们的生意，感激中心生慌乱。又过了半小时，几乎要放弃返回桐庐参会，起意往浦江再往义乌而去时，我手朝一辆没有任何标识的大巴一招，车竟然停了下来。我冲过去，被告知可以带我去桐庐汽车站。车迅速开动，我看见店主夫妇再度探出的身影，与西山桥一起远去。

读这首诗，让我想起了这段不近不远的往事。

看僧人绕塔
——读《过香积寺》

不知香积寺，数里入云峰。
古木无人径，深山何处钟。
泉声咽危石，日色冷青松。
薄暮空潭曲，安禅制毒龙。

2016年夏，在西安香积寺，看僧人绕塔。

香积寺及善导塔始建于唐高宗永隆二年（681），为纪念净土宗创始人之一善导大师而建。寺名“香积”出自《维摩诘经》:“天竺有众香之国，佛名香积。”其意将净土宗师善导比作香积佛。王维不知何时来。考“安禅”等佛家语，许是开元十七年（729）闲居学佛至开元二十三年（735）擢为右拾遗之间的事，其时他已过而立之年，但妄念烦恼使其遍寻解脱。有高宗、武后、中宗的亲临礼佛，又未经安史之乱，即便隐藏在高山古木之中，王维看到的寺院和塔林应该还比较新，不像我看到的塔那般残断。13级塔身现存11级，避雷针兀兀地，补充着密檐之上它失去的高度。

我没有听到钟声。来得不是时候，或许钟声也仅有出现在唐朝的那一次，而恰好被王维听到。古诗里有很多声音，乌啼蝉鸣，吹笛柳落，裂帛竹喧，羌管铁骑，大弦小弦。唯有钟声包含了金属的质地，其洪亮、致密，在悠远处，方能被人的身体吸纳。可惜王维修的不是禅宗。“泉遇石而咽，松向日而冷”（张谦宜语）。钟声仿佛只是加入了手臂和剑刃，强化了他对克服的笃定，而非与此世的和解、自洽与融合。他走的无人径，事实上无数人刚刚走过。

2016年夏，在西安香积寺，看僧人于佛音中绕塔。他面容详定，步履清实。我停在塔基之下，他数米之外。

猿声

——读《送贺遂员外外甥》

南国有归舟，荆门溯上流。

苍茫葭菼外，云水与昭丘。

樯带城乌去，江连暮雨愁。

猿声不可听，莫待楚山秋。

想象中，所有逆流之举，都比不过上三峡。

大坝建成蓄水前，我多次想：务必去一次。但那几年，我经历大学毕业，考研失败，寄居上海，再败，又转青岛，昼眠夜读，终进复旦，写诗，读书，写诗。等看到大坝建成时的新闻晃过神来，白鹤梁题刻已没于水下，白帝城成了孤岛，石宝寨被围为江心盆景，张飞庙也西移了32公里，等等。有叹息，但也知道万物没有恒定，又或者所见之实有时候远不如文字之虚。读李白、杜甫、王维、白居易，三峡便还永久保留了重现或还原的尺度。

再次动心起念便到了电影《长江图》上映。片中秦昊驾驶货船沿长江送货，不断登岸，寻找艳遇。看罢，打开百度地图，花了好几天时间，标记了上百处长江沿线的全国重点文保。发宏愿，要雇船从崇明岛出发，溯江而上，或游或息，或远观或登岸，将它们一一遍访。生活不是电影，但生活可以是一首有精神气质的世俗诗。知道愿望与愿望之实现之间的距离，也知道岸其实没有边界，便暗暗放下执念。但就在这样的一念之力的催促下，找了诗社的朋友们，开始做“文保在身边”，一款文保探访小程序和APP。不管你去往哪里，都能“登岸”，与时间摧残并打磨过的艺术空间相遇，并试图在细节、质感和美感中留下自己的痕迹。我到过这里，这里和我都因此改变。

王维入蜀和离川，都在他的诗里。诗既是风光的介绍信，也是时间的地图集。由《自大散以往深林密竹磴道盘曲四五十里至黄牛岭见黄花川》《青溪》《送杨长史赴果州》等诗可知他是在开元某年秋天，从长安出发，经大散关入蜀。而其出川当在翌年暮春，路线则显见《晓行巴峡》一诗：“际晓投巴峡，余春忆帝京。”王维在渝州弃岸，顺长江而下，穿三峡，至夏口，又逆汉水抵襄阳，访孟浩然，再北返长安。

等到他写《送贺遂员外外甥》时，已到了天宝之尾，近安禄山之乱，堪为末世。王维五十余岁，心境自然与入蜀访川时再无相同。贺遂氏郡望在南汾州，其外甥恐怕也是秦晋之人，遂疑此诗写的是贺遂氏外甥计划中的与他自己完全相反的北返之路——自荆州逆流而上，至蜀，再过剑门关，至汉中，抵长安。作为过来人，王维传递出的不仅仅是三峡之景里掩藏的苍茫与悲凉，更是“知其不可为”便顺天而行的虚无与散淡。

后来，三峡便只有“猿声”吸引我了。我想听到的猿声与王维听到的猿声，可能并非同一种事物。

再记：我写过一首《致王维》，收入第一本诗集《失物认领》。草稿在一本牛皮本上，初名《低洼之境》。为什么改名，倒是忘记了。读罢“猿声不可听，莫待楚山秋”，始觉得两者之间有一种呼应。且抄录如下：

有一次，我很幸福

我看见，我可以与月亮
平分秋色

芭蕉是樱桃
春天沦为三两马夫

女人如纸一般锋利
风堵住桃花里的水声

黑鱼纵上树桠，所有
鸟都是人间的缺陷

若不愿忘却

实可在枝头垂钓

波浪又静又黑

野猪的四个爪印，像憎恨

也像恳求

2009.12.18

飞 廉

读李白

飞廉，诗人，1977年生于河南项城，出版诗集《不可有悲哀》（2012）、《捕风与雕龙》（2017）。

相遇
——读《关山月》

明月出天山，苍茫云海间。
长风几万里，吹度玉门关。
汉下白登道，胡窥青海湾。
由来征战地，不见有人还。
戍客望边色，思归多苦颜。
高楼当此夜，叹息未应闲。

这首《关山月》，我之所以偏爱，全在于前两句。一首诗打动我们的，往往只是其中一两句，如李白“弯弓辞汉月”，庾信“霜随柳白，月逐坟圆”，单句足以挣脱全篇之引力而孤行天下。因此，诸葛亮“观其大略”，陶渊明“不求甚解”，庾信“一枝之上，巢父得安巢之所”，曹雪芹“任凭弱水三千，我只取一瓢饮”，这些都是很好的读诗态度。

“明月出天山，苍茫云海间。”这两句诗跟我的相遇，缘于一次旅行。2015年8月，乌鲁木齐前往伊犁的飞机上——天山负雪，云海苍茫，新月初明——舷窗外的风景，电闪雷鸣般地照亮了这两句诗，叹为神句。很快，我写了一首短诗《望天山》，向其致敬：

新月生于天山，被天山的积雪照亮。
苍茫云海之间，透过舷窗，我望着
绵延数千里的群山，
我崎岖漫长的奔月之路到了尽头。

李白诗中的“天山”，即祁连山。匈奴呼天为“祁连”，祁连山也因此被称为“天山”。它闪耀在匈奴人的悲歌里：“亡我祁连山，使我六畜不蕃息；失我焉支山，使我妇女无颜色。”它在王之涣的“一片孤城万仞山”中绵延至今。

李白虽然“五岳寻仙不辞远，一生好入名山游”，但从没去过祁连山；正因为此，他动用天才，动用想象力，动用十个汉字，虚构了另一座祁连山。他热爱的月亮，每天从山上升起，逍遥游于云海。一千两百多年后，一个来自颍河边的汉语诗人，在万米高空，真实地望见了他虚造的这座大山。

《乐府古题要解》：“‘关山月’，伤离别也。”李白的这首乐府旧题诗也正是写征战之苦和两地相思之恨。

中国人的诗仙与酒仙
——读《秋浦清溪雪夜对酒，客有唱鹧鸪者》

披君貂襜褕，对君白玉壶。
雪花酒上灭，顿觉夜寒无。
客有桂阳至，能吟山鹧鸪。
清风动窗竹，越鸟起相呼。
持此足为乐，何烦笙与竽。

此刻，我打开手机高德地图，输入“李白”开始搜索：距我111米，“李白·唐川菜”;“李白图书馆餐厅”和“赠李白·寻觅诗中的川味”两家连锁店遍布杭州；“李白酒吧”，“李白de酒·东北烧烤”，“李白饭店”，“皇逸·李白鲜生（海鲜汇）”，“李白熟食店”……

这里是2023年3月3日上午10点钟的杭州，此时距离李白去世已然1 261年。然而，满城都是梅花，满城都是李白。另外，翻翻“三言二拍”就一清二楚，“太白遗风”的酒旗，自唐以后就挂满了神州大地。

可以说，古今中外的诗人，只有李白独享此尊荣，这一点苏东坡也远远比不上。这就是李白的独特魅力，这种魅力颇大一部分发酵于诗和酒的加减乘除。李白是毫无争议的中国人的诗仙；大胆一点，说李白是酒仙也是成立的，至少是酒仙之一。“李白斗酒诗百篇，长安市上酒家眠。天子呼来不上船，自称臣是酒中仙”，杜甫诗歌里写得明明白白。李白轰轰烈烈的封仙运动，贺知章是始作俑者，而“小迷弟”杜甫则是强有力的推手。

此刻，抬头看看上文那些用李白来命名的店铺，无一例外都跟饮食有关，都是喝酒的地方。李白生前对自己的“千秋万岁名”一定有极大信心；然而他的千秋万岁之名，竟成了后世千秋万岁之印钞机，恐怕是他始料未及的，但他定然会淡然一笑。

我同样输入“杜甫”开始搜索，整个杭州城只搜到“杜甫村、杜甫庙、杜甫新苑”等几个地名。这就很有意思了，事实上，杜甫也喜欢喝酒，且杜甫与饮酒有关的作品数量（约占其全部作品的五分之一）远在李白之上，但在文学史以及民间传播史上，杜甫饮酒之名跟李白相比，不可以道里计。日本学者松浦友久对李、杜这一差异进行了简要分析：“杜甫饮酒诗中所吟咏的，特别是其中晚年作品所吟咏的，大都是同日常的时空感觉紧密相关的饮酒经验，好不容易为慰藉病身或排解衰老之苦而饮酒，也完全没有像李白饮酒诗中所频繁出现的那样，时空感觉顿时扩大和自我个性张扬、勃兴或者将醉中之趣本体作为吟咏对象。”照这个说法，杜甫饮酒诗之沉闷日常，较之李白之奋发飞扬，感染力和吸引力自然大打折扣。

杜甫一提到酒，总是“浊酒”（潦倒新停浊酒杯）（苍苔浊酒林中静）、“浊醪”（浊醪谁造汝？一酌散千愁）、“旧醅”（樽酒家贫只旧醅），李白则是“玉碗盛来琥珀光”“月光常照金樽里”“玉壶美酒清若空”；诗并无高下，只是两人诗歌写作基调不同而已，杜甫沉郁清深，李白光明动澈；从另外一方面也可以例证，杜甫总是“悲秋”，李白永远“清秋”。

最后回到这首《秋浦清溪雪夜对酒，客有唱山鹧鸪者》。此诗当作于754年，李白54岁，是他在秋浦与友人同饮时写下的。这首诗在李白饮酒诗中算是无名之作，我个人却很喜欢。清溪雪夜，李白竟写出了清风动竹、春鸟乱鸣的气概。“雪花酒上灭，顿觉夜寒无”的经验，我在凤凰山的寒夜很真切地体验过。林冲风雪山神庙的时候，说的那句话，要是李白听见了，估计会很喜欢：“胡乱只回三五碗与小人荡寒。”

跟月亮关系最密切的中国诗人
——读《月下独酌　其一》

花间一壶酒，独酌无相亲。
举杯邀明月，对影成三人。
月既不解饮，影徒随我身。
暂伴月将影，行乐须及春。
我歌月徘徊，我舞影凌乱。
醒时同交欢，醉后各分散。
永结无情游，相期邈云汉。

昨晚，当友人兴奋地向我聊起ChatGPT的时候，我正站在钱塘江边望着新月，心想："这新月必须是李白望过的那弯新月，否则我会绝望的。"

李白大概是跟月亮关系最密切的中国诗人。他写了最多的月诗，"床前明月光，疑是地上霜"是唐之后每个中国孩子的童年记忆。他字"太白"，妹妹名"月圆"，子名"明月奴"。他也是中国传说最多的诗人，他的死更被后世繁衍成众人皆知的故事：长江采石矶，他醉入江水，捉月而死，最终融入万里长江、江中明月。

《月下独酌》是组诗，共四首，这是第一首，也是流传最广的一首。诗约作于唐玄宗天宝三载（744）。诗题下，曾国藩《十八家诗钞》注“长安”两字，意谓这组诗作于长安。

十全老人《唐宋诗醇》中说，这首诗本于陶渊明“欲言无予和，挥杯劝孤影”；江弱水《李白：口吐天上文》中说，李白把陶渊明“顾影独尽，忽焉复醉”八个字化开，“成就了这一首绝妙的诗”。我认同他们的见解。

陶、李两位大诗人同写内心之寂寞。陶渊明对着孤影叹息。李白喜热闹，好繁华，他不满足于“唯愿当歌对酒时，月光长照金樽里”，他邀请“月中霜里斗婵娟”的素娥下界，于是“对影成三人”，于是三人一台戏，于是唱《清平调》、跳胡旋舞或舞剑、用夜光杯喝葡萄美酒，于是李白醉矣。然而李白的醉是欢然而醉；另一个时空，陶渊明的醉是颓然而醉。

醉了不免要醒来，大寂寞依然是大寂寞。陶渊明“终晓不能静”，李白“永结无情游”。

欢乐英雄

——读《将进酒》

君不见黄河之水天上来，奔流到海不复回。

君不见高堂明镜悲白发，朝如青丝暮成雪。

人生得意须尽欢，莫使金樽空对月。

天生我材必有用，千金散尽还复来。

烹羊宰牛且为乐，会须一饮三百杯。

岑夫子，丹丘生，将进酒，君莫停。

与君歌一曲，请君为我倾耳听。

钟鼓馔玉不足贵，但愿长醉不用醒。

古来圣贤皆寂寞，唯有饮者留其名。

陈王昔时宴平乐，斗酒十千恣欢谑。

主人何为言少钱，径须沽取对君酌。

五花马，千金裘，呼儿将出换美酒，与尔同销万古愁。

所有的时刻都指向这样一些时刻——曹操“东临碣石，以观沧海”的时刻，陶渊明“采菊东篱下，悠然见南山”的时刻，陈子昂“念天地之悠悠，独怆然而泣下”

的时刻，李白“黄河之水天上来”的时刻，杜甫“不尽长江滚滚来”的时刻，苏轼“寂寞沙洲冷”的时刻……

《将进酒》是李白最著名的诗作之一，也是中国文学史上最辉煌的作品之一。

小说家毕飞宇在《李商隐的太阳和雨》中评价王维“大漠孤烟直，长河落日圆”:“因为这10个字，我信了，我们的历史上的确有过盛唐。这10个字就是盛唐的证明书和说明书。”在我看来，“君不见黄河之水天上来，奔流到海不复回”，实为惊天地泣鬼神之句，仅仅为了读这句诗，生为中国人也是值得的。诗歌史上可以与之抗衡的大概只有杜甫的“无边落木萧萧下，不尽长江滚滚来”。这是李白生平第一快句，万里长河长不过17个字，河水飞流直下、奔腾入海也只是一瞬——这是诗句所能创造的最惊人景象。面对这句诗带来的画面感和视觉冲击，王希孟《千里江山图》只好望洋兴叹。

“万古愁”终于诞生了，并弥漫后世。李白之后，一个诗人若不写一首有关“万古愁”的诗，内心恐怕是颇为忐忑的。当代诗人臧棣说:“万古愁，是汉语诗永远的背景。”当代评论家敬文东说:“万古愁，甚至可以说是汉语的乡愁。”

李白最出色的作品为七古和七绝，《将进酒》和《蜀道难》为七古之代表。布罗茨基（J. Brodsky）认为，“诗人是天生的民主主义者”。这话对大部分诗人未必合适；而李白要更上一层楼，他是革命者，也是解放者。

他的七古正有一种“黄河之水天上来，奔流到海不复回”的气魄，壮浪纵恣，足以摧枯拉朽，冲破禁锢，激发我们的“独立之精神，自由之思想”（陈寅恪语）。

这首诗无疑是一面镜子，既照出李诗之“雄快”“深远宕逸”（沈德潜《唐诗别裁》），但也反射出李白性情之豪放、虚浮——当然，《将进酒》只是一首劝酒歌，诗人喝多了酒，偶尔说点大话，也是可以理解的，观者不必冷笑。我个人就常有这样的经验，2010年5月16日醉酒后，我也信笔乱涂了一首《白乐桥饮酒》，自诩了一番：

下北高峰，来到白乐桥，
细雨，已黄昏。
灵隐寺，僧人
开始唱经。
酒，打开了我们，
欸乃一声
山水绿。
泉子如袁中郎，
趣高而寡酒；
江离病中，苏轼在远方；
今夜，飞廉饮酒最多。
他自诩周公瑾，
以酒为剑，
他击退了曹军的百万虚无。

王菲大概也正是李龟年
——读《清平调词三首》

云想衣裳花想容，春风拂槛露华浓。
若非群玉山头见，会向瑶台月下逢。

一枝红艳露凝香，云雨巫山枉断肠。
借问汉宫谁得似，可怜飞燕倚新妆。

名花倾国两相欢，长得君王带笑看。
解释春风无限恨，沉香亭北倚阑干。

《清平调词三首》太有名了，借助传说和小说，是李白在民间流传最广的诗作之一。虽为奉诏应景之作，却展现了李白不可思议之天才；或者说，应景之作正是天才们的试金石。最可称奇的，李白纯粹以自然、清新之笔，轻而易举就达到了萧绎、徐陵、早年庾信等南朝宫体诗人所梦寐以求的风流旖旎、浓艳芬烈之境界。

此诗自问世以来，后人就阐释不绝。江弱水在《李白：口吐天上文》的一个观点，让我印象深刻。他说：“而这是历史的高光时刻。以姹紫嫣红国色天香的牡丹为背景，史上最风流的皇帝、最美丽的女人、最优秀的歌人和最伟大的诗人，聚合在一个时空的点上了……”

“最优秀的歌人”自然是李龟年。唐人李濬《松窗杂录》记载，“龟年常话于五王，独忆以歌得自胜者无出于此”，也就是说，这是他平生所唱最得意的一次。《清平调》也是邓丽君的最后绝唱，天鹅之歌，仅录制一段试唱小样后即去世；20年后，由王菲完成隔空对唱单曲版本。一个雨天，这首单曲我一听再听，恍惚觉得窗外的烟雨也正是历史的烟雨，而王菲大概也正是李龟年。

这“历史的高光时刻”，也正是他们个人的“高光时刻”。很快，他们的命运就要急转直下：唐明皇“如何四纪为天子，不及卢家有莫愁”；杨贵妃“明月自来还自去，更无人倚玉栏干”；杜甫将为我们的歌者写下“正是江南好风景，落花时节又逢君”的哀歌；而我们的诗人也将“万里南迁夜郎国，三年归及长风沙”，从此渐入衰颓之境。

一生低首谢宣称
——读《宣州谢朓楼饯别校书叔云》

弃我去者，昨日之日不可留；

乱我心者，今日之日多烦忧。

长风万里送秋雁，对此可以酣高楼。

蓬莱文章建安骨，中间小谢又清发。

俱怀逸兴壮思飞，欲上青天揽明月。

抽刀断水水更流，举杯消愁愁更愁。

人生在世不称意，明朝散发弄扁舟。

约天宝十二载（753）秋，客居宣州（今安徽宣城）的李白，登谢朓楼为李云饯行，触景生情，感怀万端，逸兴遄飞，才思泉涌。

20世纪80年代，一群少年在颍河边接龙背诵李白的诗。“俱怀逸兴壮思飞，欲上青天揽明月。抽刀断水水更流，举杯消愁愁更愁”，“行路难，行路难，多歧路，今安在？长风破浪会有时，直挂云帆济沧海”……年少时，这样的诗句谁不着迷呢？背着背着，我们简直就要乘着长风去破万里浪了。

提起诗人之间的情谊，总会想起歌德和席勒，李白和杜甫。杜甫凉风一起就想起李白，接连三夜梦见李白，为李白写诗15首，几乎每首都是杰作；李白这位似乎太上忘情的谪仙人，对小他11岁的杜甫有些冷淡。然而就是这位“永结无情游”的李白，却为两个世纪前的另一位诗人，终生真挚地唱着赞歌。

李白为谢朓写了12首诗，说得准确一点，是写了12首跟谢朓有关的诗:“蓬莱文章建安骨，中间小谢又清发”，“谢朓已没青山空”，“诺为楚人重，诗传谢朓清”，“谁念北楼上，临风怀谢公”，“解道澄江净如练，令人长忆谢玄晖”，“玄晖难再得，洒酒气填膺”，“今古一相接，长歌怀旧游”，“登舟望秋月，空忆谢将军。余亦能高咏，斯人不可闻”……

《宣州谢朓楼饯别校书叔云》是12首中最著名的一首。诗以议论开篇，议论终篇，开宋人先河，并提出了“蓬莱文章建安骨，中间小谢又清发”的著名论断，诗中他自比谢朓。杜甫称赞李白“清新庾开府，俊逸鲍参军”，这首诗确有鲍照的“俊逸”，然而“清新”二字，李白实得自谢朓而非庾信。

李白从谢朓这里学到了“中间小谢又清发”之清新，“诗传谢朓清”之清新，因而完成了自己的“清水出芙蓉，天然去雕饰”之清新。同时，李白也是谢朓后世的最大知音。李白对谢朓的发现和推崇也延续、稳固了谢朓在后世的盛名。中国文学史上，另外两位著名的隔代知音，是苏东坡和陶渊明。

用清人王士祯的话说，李白“一生低首谢宣城”。难怪他往来金陵，并在宣城徘徊不去，死后也要葬在谢家山水边上。过去十年间，我三去宣城，三登谢朓楼，为李白，也为谢朓。

只有落日堪以承载深情
——读《送友人》

青山横北郭，白水绕东城。
此地一为别，孤蓬万里征。
浮云游子意，落日故人情。
挥手自兹去，萧萧班马鸣。

苏东坡形容自己“上可陪玉皇大帝，下可陪卑田院乞儿”。这话用在李白身上似乎也是合适的，翻一翻诗集就知道，从唐明皇、杨贵妃到岑夫子、丹丘生，到桃花潭边的汪伦和五松山下的荀媪，他结交的人物也是三教九流。“永结无情游”之李白，事实上情深义重，荀媪一碗简陋的菰米饭，也让他“三谢不能餐”。

结交既广，离别苦多。情深才茂之李白，写下160首离别诗（约占全部作品的15.5%），其中多有脍炙人口之名篇：《送友人》《黄鹤楼送孟浩然之广陵》《赠汪伦》《渡荆门送别》《闻王昌龄左迁龙标遥有此寄》《金陵酒肆留别》《宣城谢朓北楼饯别校书叔云》《灞陵行送别》……

《送友人》这首五律是我尤为喜爱的。既然这首诗的写作时间、地点不明，那我就自作主张，把这首诗中的友人认作杜甫吧，想必大家也是同意的，毕竟杜甫赠送了李白那么多篇杰作，你李白总要还杜甫一篇吧。《送友人》是杰作中的杰作，若真是写给杜甫的，那完全配得上杜甫那首著名的《春日忆李白》，堪称珠联璧合。

这首诗情景交融，浑然天成；明白如话，而又言之不尽。最值得深味的是第三联："浮云游子意，落日故人情。"每读到这两句诗，就不由感叹：大诗人果然是大诗人，也只有大诗人才能写出这种似乎可解、似乎不可解的神句。李白的铁杆粉丝王琦对这两句诗的注解算是差强人意："浮云一往而无定迹，故以比游子之意；落日衔山而不遽去，故以比故人之情。"

"浮云游子意，落日故人情"一出，李白就抢占了"落日"意象的头条，可以媲美的也就"大漠孤烟直，长河落日圆""落日心犹壮，秋风病欲苏""夕阳无限好，只是近黄昏""夕阳西下，断肠人在天涯"这几句吧。一看到落日，我们总自然而然想到这些名句。

这首诗对我有特别的意义。大学时代最好的友人查德盛，也是诗人，他的笔名白水正来自这首诗的第二句"白水绕东城"。他病逝于2011年除夕。十几年后，当我在百度上搜寻"诗人白水"时，除了找到我写他的那篇纪念小文章外，"白茫茫大地真干净"。不由就想到了这首诗，我们这些游子都将浮云般散去，只有伟大的落日堪以承载我们托付的深情。

戴上镣铐跳舞的李白
——读《秋登宣城谢朓北楼》

江城如画里，山晚望晴空。
两水夹明镜，双桥落彩虹。
人烟寒橘柚，秋色老梧桐。
谁念北楼上，临风怀谢公。

在我个人看来，崔颢《黄鹤楼》是毫无疑问的唐代七律之冠，杜甫《登高》也难以抗衡。李白《登金陵凤凰台》拟争胜《黄鹤楼》，后世裁判们的判决惊人的一致，以《唐宋诗举要》为例："太白此诗全摹崔颢《黄鹤楼》，而终不及崔诗之超妙。"

然而李白这首《秋登宣城谢朓北楼》，跟王维五律中最好的山水诗放在一起，毫不逊色。王维尤擅五律，《十八家诗抄》就单选了其104首五律；其五律中最出色的当为山水之作（《辋川闲居赠裴秀才迪》《归嵩山作》《汉江临泛》《终南山》《终南别业》等），他因此被公认为谢灵运之后最大的山水诗人、写景圣手。

楚塞三湘接，荆门九派通。
江流天地外，山色有无中。
郡邑浮前浦，波澜动远空。
襄阳好风日，留醉与山翁。

上引王维《汉江临泛》，与李白《秋登宣城谢朓北楼》颇多相似之处：都为望远之作，王维水上，李白山上；中间两联写景，下笔如画（王维写意，无意而意全；李白工笔，巧密而精细）；尾联怀人，王维怀山简，李白怀谢朓。

“太白天仙之词，语多率然而成者，故乐府歌词咸善。”（高棅语）然而李白一旦较起劲来要写律诗，戴上镣铐跳起舞来，也是镂金错彩，章法森严，王维、杜甫都要退避三舍。

最后重回《黄鹤楼》话题。崔颢《黄鹤楼》、张若虚《春江花月夜》固然都称得上“诗中的诗，顶峰上的顶峰”，所谓“孤篇压全唐”；可惜只是孤篇，既然孤篇，就不能排除运气之类的成分，故两人都称不上大诗人。李白、杜甫、王维就不同了，他们大诗人的地位是上千年物竞天择、适者生存的结果。奥登（W. H. Auden）说要成为大诗人有五个条件：其一，他必须多产。其二，他的诗在题材和处理手法上必须宽泛。其三，他的洞察力和风格必须有明晰可辨的独创性。其四，他在诗的技巧上必须是一个行家。其五，尽管其诗作早已经是成熟作品，但其成熟过程要一直持续到老。用这些条件来衡量他们，可谓无一不合。写一首杰作不难，难在李白等大诗人在不同阶段，总能写出不同于以往的杰作。

“永结无情游”的浪子
——读《秋下荆门》

霜落荆门江树空，布帆无恙挂秋风。
此行不为鲈鱼鲙，自爱名山入剡中。

南宋梁楷《太白行吟图》画出了我心中李白的样子。此画舍弃了一切背景，三五逸笔，就言简意赅地勾勒出《旧唐书》所谓“有逸才，志气宏放，飘然有出世之心”的李白形象。这幅画也大略总结了李白一生：且行且吟之行吟诗人，“永结无情游”的浪子。

李白生于西域，5岁之前随父亲李客从西域移居巴蜀，这是李白的第一次远行，也是对中国文学史的走向有着重大影响的一次远行，没有李白的中国文学史难以想象，也不可接受。25岁，李白“仗剑去国，辞亲远游”，从此“五岳寻仙不辞远，一生好入名山游”，“此行不为鲈鱼鲙，自爱名山入剡中”……从此流寓者李客之子，就成了永远的客子（旅人）。正如松浦友久在《李白的客寓意识及其诗思——李白评传》一书中指出：纵观李白诗歌及生涯，他本质上是旅人亦即行旅之人，他的诗也是旅人之诗亦即行旅之诗，只有行旅才是他生活的常态，诗歌创作的常态；甚至在他临死之际，希望埋葬之地不是巴蜀，也不是长安，而是晚年旅途所经之地宣城，谢家青山下；一言以蔽之，李白总为行旅之人，总有行旅之感，这是他诗思（或诗质）的中心内核。

李白在《春夜宴从弟桃花园序》中说："夫天地者，万物之逆旅也；光阴者，百代之过客也。而浮生若梦，为欢几何？古人秉烛夜游，良有以也。"他的一生，也正是"秉烛夜游""斗酒十千恣欢谑""笔落惊风雨，诗成泣鬼神"的一生。

有限独对无限的乡愁
——读《宣城见杜鹃花》

蜀国曾闻子规鸟，宣城还见杜鹃花。
一叫一回肠一断，三春三月忆三巴。

宋太平兴国年间，有书生于月夜渡采石江，见锦帆西来，船头上有白牌一面，写“诗伯”两字。书生遂朗吟两句道：“谁人江上称诗伯？锦绣文章借一观！”舟中有人和云：“夜静不堪题绝句，恐惊星斗落江寒。”书生大惊，正欲傍舟相访，那船泊于千石之下。舟中人紫衣纱帽，飘然若仙，径投李谪仙祠中。书生随后求之祠中，并无人迹，方知和诗者即李白也（《警世通言》卷九《李谪仙醉草吓蛮书》）。

小说中李白的这两句和诗“夜静不堪题绝句，恐惊星斗落江寒”，正可以形容我对李白七绝的印象。李白诗作，七古、七绝尤享盛名，七绝为最，与杜甫、王昌龄俱称盛唐七绝圣手。明代胡应麟说了一句为后世所公认的话：“太白五七言绝，字字神境，篇篇神物。”

《黄鹤楼送孟浩然之广陵》《早发白帝城》《望庐山瀑布》《望天门山》《闻王昌龄左迁龙标遥有此寄》《春夜洛城闻笛》《客中作》等诗作，在李白七绝中最为脍炙人口。这首《宣城见杜鹃花》，不那么有名，是我个人所偏爱的。

这首诗，李白55岁作于宣城。辞蜀出游已然30年，暮春时节，已入晚景的诗人（对，就是那位“永结无情游”，30年从不返乡的浪子）看到杜鹃花开，遂念及故乡，念及故乡的子规鸟，于是“一叫一回肠一断，三春三月忆三巴”，重重叠叠，一唱三叹，演奏了一曲缠绵悱恻的望乡之歌。或许也可以说，在这首诗里，李白更抒发了一种有限独对无限的乡愁。有趣的是，晚年的杜甫在江南，也写了一首类似的怀旧诗（著名的《江南逢李龟年》），28个字，无限盛衰今昔之思。两首诗相比，李清新，杜沉郁。

这首诗更像一首随口哼出的小调，而不是盛装咏叹的美声歌曲。这样的诗最见李白才力，信手写来，天然高妙，真正的“清水出芙蓉”。

“两人对酌山花开，一杯一杯复一杯。我醉欲眠卿且去，明朝有意抱琴来。”李白的另一首七绝《山中与幽人对酌》，在气质上跟《宣城见杜鹃花》颇为接近，堪称双璧。

童作焉

读苏轼

童作焉，诗人，1995年生于云南昆明。出版诗集《失眠术》（2019）。曾获全球华语年度大学生诗人（2016）、复旦“光华诗歌奖”（2015）、第33届全国大学生樱花诗歌邀请赛一等奖（2016）、中华大学生研究生诗词大赛冠军（2019）、全球华语短诗大赛一等奖（2015）、首届陆游诗歌奖（2022）等。2019年参加《诗刊》社第35届“青春诗会”。现为复旦大学国际关系与公共事务学院博士研究生。

但恐岁月去飘忽

——读《辛丑十一月十九日既与子由别于郑州西门之外，马上赋诗一篇寄之》

劝君且吸杯中月

——读《月夜与客饮杏花下》

应似飞鸿踏雪泥

——读《和子由渑池怀旧》

事如春梦了无痕

——读《正月二十日与潘郭二生出郊寻春，忽记去年是日同至女王城作诗乃和前韵》

人间歧路知多少

——读《新城道中二首》

存亡惯见浑无泪

——读《过永乐文长老已卒》

半夜寒声落画檐

——读《雪后书北台壁二首（其一）》

天容海色本澄清

——读《六月二十日夜渡海》

与君世世为兄弟

——读《予以事系御史台狱，狱吏稍见侵，自度不能堪，死狱中，不得一别子由，故作二诗授狱卒梁成，以遗子由》

始知无尽本无灯

——读《上元过祥符僧可久房，萧然无灯火》

但恐岁月去飘忽

——读《辛丑十一月十九日既与子由别于郑州西门之外，马上赋诗一篇寄之》

不饮胡为醉兀兀，此心已逐归鞍发。
归人犹自念庭闱，今我何以慰寂寞。
登高回首坡陇隔，惟见乌帽出复没。
苦寒念尔衣裘薄，独骑瘦马踏残月。
路人行歌居人乐，僮仆怪我苦凄恻。
亦知人生要有别，但恐岁月去飘忽。
寒灯相对记畴昔，夜雨何时听萧瑟。
君知此意不可忘，慎勿苦爱高官职。

苏轼是一位非常讨人喜欢又惹人羡慕的人，满腹才华，充满趣味，又与弟弟苏辙保有着深厚的感情。苏轼兄弟年纪相差两岁，志趣相投、感情笃厚，相亲相爱、相知相随，互相给对方写了大量的诗篇，字字句句都饱含了深厚的兄弟情谊。苏轼在狱中曾写下“与君今世为兄弟，更结来生未了因”，兄弟之间感情深厚可见一斑。

这首诗大约是苏轼写给弟弟的第一首赠别诗。兄弟两人长时间在一起学习、生活，在苏轼24岁时第一次分别。苏辙送兄远行，送了一程又一程，迟迟不能分开，两兄弟还未分开就已经满心思念、相互挂念。

苏轼这首诗写得情真意切，打动人心。这样的效果与此诗的结构设计和写作手法有关系，也体现出了苏轼高超娴熟的写作能力。一是开篇就直抵内核。相比于很多常规诗作先开篇铺陈、状景绘物，小心酝酿、慢慢起意，这首诗第一句就突兀地直接把自己内心的悲愁和思念呈现出来，瞬间能够直击读者内心。二是心理活动描写非常细致。无论是写登高看弟弟的身影时隐时现、逐渐消失，还是挂念弟弟衣衫单薄、独骑瘦马，写得很细致、很生动，容易将读者带进其内心世界，增加共情力和感染力。三是现实和回忆交融。诗的后几句，诗人一方面在继续抒发感慨，一方面又在点燃一些两人之间的回忆，和此时的分别场景交融一起，思念悲苦之情更深。

相比于入仕做官，兄弟俩更向往闲居同乐、夜雨对床，这也体现出兄弟两人深厚的感情，以及不贪恋官场而在意精神的富足和快乐。因此在赠别之际，苏轼对弟弟叮嘱的不是好好做官、平步青云，而是让弟弟不要贪恋官场，要记得两个人早日退隐闲居、共享寒灯夜雨的快乐。

“亦知人生要有别，但恐岁月去飘忽。”这句诗道出了人生中有很多时候，即便知道现实便是如此，或人生就当如此，可偏偏跨不过自己心中的坎。也就是我们常说的道理我都懂，可就是做不到，心中有许多意难平。即便知道了人生有别是生命常态，分别总是避免不了的，但是我仍然觉得岁月飘忽、时节流逝得太快，不禁黯然神伤。

劝君且吸杯中月
——读《月夜与客饮杏花下》

杏花飞帘散余春，明月入户寻幽人。
褰衣步月踏花影，炯如流水涵青苹。
花间置酒清香发，争挽长条落香雪。
山城薄酒不堪饮，劝君且吸杯中月。
洞箫声断月明中，惟忧月落酒杯空。
明朝卷地春风恶，但见绿叶栖残红。

月下赏花喝酒应是古人的诸多雅趣之一，历来被反复书写，但也被写出了很多不同的味道。这其中最关键的还是在于诗人的心境，无论是月还是花或者酒，都是诗人内心投射向外的观照。不同的心情自然就会映照出不一样的景致，生发出不一样的感受。因此，与其说是写赏月、赏花，不如说是一次内心的观照叩问。

作为对比的是李白的《月下独酌》，在愁闷和失意中以月为友，饮酒作乐，想象大气磅礴、狂荡不羁。无论是想象“永结无情游，相期邈云汉”，还是给自己找了个立意很高的喝酒的理由“天地既爱酒，爱酒不愧天”，都可见太白的豪迈大气，洒脱旷达。

而东坡这首《月夜与客饮杏花下》风格完全不一样，写出了一种清新空灵、超然飘逸的感觉。杏花飞入帘幕，带着残余的春意，月光从门口探进来，寻找我这样一位幽人。第二句实在是空灵美妙到极致，提起长袍踱步踏在月光花影之上，月光穿过杏花投下明亮斑驳的光点，就好像流水中荡漾的青萍，实在太美。不仅将月光穿过杏花的美妙姿态生动地描绘出来，而且也将作者自己融入了这幅美丽空灵的画面之中。

接下来，诗人开始以酒相较，表达惜月的感受。相比于杯中酒，诗人认为杯中月更加珍贵，尤其是诗人生怕月亮落下后，酒杯似乎就空了。“且惜”“惟忧”都体现了对月之爱。联系诗人前期跌宕和漂泊的经历，更能体会他此时珍惜眼前快乐、及时行乐，生怕韶华流逝的情感。

而最后一联的“明朝卷地春风恶，但见绿叶栖残红”常被认为是苏轼的谶语，因为就在写完这首诗后，苏轼就被卷入乌台诗案，被奸佞之臣攻击陷害而被扣于监狱，险些丧命。

但先不论未来人生起伏如何，身处于此刻和此地，最重要的就是及时行乐、超脱物外，而这正是苏轼洒脱豁达的性格所在。

应似飞鸿踏雪泥
——读《和子由渑池怀旧》

人生到处知何似，应似飞鸿踏雪泥。
泥上偶然留指爪，鸿飞那复计东西。
老僧已死成新塔，坏壁无由见旧题。
往日崎岖还记否，路长人困蹇驴嘶。

对生命意义的探寻和叩问是自古至今讨论不息的话题，而不同的体悟和认知直接反映出个体生命境界的高低。从这首诗中，我们可以感受到苏轼在年轻的时候（24岁）就展现出了极其成熟、睿智、豁达而通透的对于人生的朴素认知，而这也是未来贯穿苏轼一生，支撑其历尽诸多坎坷和起伏，而始终保持昂扬向上的生命姿态，成长为一个有成就、有魅力的文化伟人的起点。

这首诗是苏轼写给弟弟苏辙的，两兄弟曾经同游渑池，多年后再次路过。这期间经历了许多人生的变幻无常，弟弟苏辙就在《怀渑池寄子瞻兄》中感慨前路充满困难，充满不确定，而生命许多偶然，个人无法预料和掌控，体现出许多无奈和感伤。苏轼写下《和子由渑池怀旧》，既是对弟弟的宽慰，也是自己在面对同样处境中的自我的一场思索和回应。

人生的印迹究竟是什么样子呢？它既不会是多么轰轰烈烈，也不会恰如人意，变化无常和充满偶然似乎本身就是生命的基本旋律。就像飞鸿飞来飞去没有定数，只是偶然地在雪泥中留下爪印，每一次留下印迹都是偶然的，但每一次却又真真切切地在这个世界留下了些东西。身处于浩渺的宇宙和无垠的时间中，人生的踪迹本身就是偶然的、渺小的、轻微的。再看那老僧寂灭、新塔已成，墙壁破落、旧题不再，我们的人生也终将是这样，偶然地留下一些轻微的踪迹，便很快被淹没了。

当认清了人生的真相，也就不必再纠结于生命的反复无常和起起落落，也不必感伤于短暂的不得意、不尽兴之事，只管如飞鸿一般，在每一次驻留之际留下印迹，便要再次起飞，奔赴人生的下一个站点了，这一切本身就是生命意义的真谛。

在当下这样一个信息技术高速发展的时代，我们可能会发现每一次雪泥鸿爪似乎都会被技术永久地记录下来，每一次旧题似乎也都可以永久被存储条留存下来，而大量新的理论的出现和技术的迭代让越来越多的事物呈现出有规律和可预测的样态。信息技术给我们创造了一种似乎可以让个人的很多东西永恒的假象，创造出许多事物可被确定性地预测的假象，但其实这些都只是人生微不足道的小的配件，更重要的那一部分，也就是生命呈现其特殊和充满魅力的地方，恰恰在于它始终变化莫测、始终反复无常，始终无法挽留、始终稍纵即逝。

从年轻的苏轼身上，我们能够感受到那份因豁达而洞察生命的洒脱和乐观，也能感受到那份洞察生命后依然通透而为的坚定和认真。这也是苏轼留给我们的具有巨大精神号召力的财富。而所构成对比的在于，坏壁已破，旧题不在，能够穿透千年亘古存在的，是生命的启迪和精神的力量。

事如春梦了无痕

——读《正月二十日与潘郭二生出郊寻春，忽记去年是日同至女王城作诗乃和前韵》

东风未肯入东门，走马还寻去岁村。
人似秋鸿来有信，事如春梦了无痕。
江城白酒三杯酽，野老苍颜一笑温。
已约年年为此会，故人不用赋招魂。

苏轼被贬黄州后，才从苏轼成了苏东坡。不仅是因为在东坡开垦种地，过上了清苦闲适的田园生活，更是因为在仕途的不顺意、生活的困苦中苏轼进一步修炼其乐观豁达的心境，找到了让自己精神升华和富足快乐的状态，也成全了其伟大而有魅力的灵魂。

苏轼在这首诗开篇先写了诗作的背景。即便身处困境，看得出诗人依然是热爱生活的，才会正月外出寻春踏青。正月的时候显然春色尚浅，春光还未肯进入东门。那也无妨，春天还没进来，那我就外出寻春，可见苏轼的洒脱和有趣。

接下来的颔联“人似秋鸿来有信，事如春梦了无痕”，透露出了苏轼看清生命变化规律的洒脱和豁达。经历了乌台诗案、被贬黄州等一系列的不顺意，相信很多人可能会沉浸于悲戚之中难以自拔，而苏轼却说面对宇宙的流转，无论是人的踪影，还是各种大大小小的事情，其实都如秋鸿春梦一般，发生的时候似乎觉得无比重大，但时间过后就像大梦醒来，都不过只是过眼云烟罢了。既是过眼云烟，自然不必太过在意、太过介怀，而使自己郁郁寡欢、沉郁悲戚了。不妨及时行乐、出门踏春，与好友把酒言欢、畅叙平生。

在尾联，苏轼仍不忘告诉友人们自己很好，请大家不必挂念，不必想着要帮自己什么。因为世事如流水，都随云烟过，很多世俗的事情其实并不太重要，最重要的只有现在及时行乐、享受春光。从这里，我们更加能够感受到苏轼的乐观、旷达、通透、洒脱，这才是面对生命的最好的状态。

当代的年轻人们都习惯了很卷的生命状态，很多时候不敢躺平，但往往又受困于生活压力，或者其他所谓“成功”的要求和期待，被动地努力学习和工作，许多时候常常过得并不快乐。更多时候，人们仿佛在被体内的发条牵引着向前运转，而常常忽视了生活中许多美好的事情，少了许多快乐。这时候，我们真应当多学学东坡的洒脱和旷达，让我们也可以过得更加快乐而有意义一些。

人间歧路知多少

——读《新城道中二首》

东风知我欲山行，吹断檐间积雨声。
岭上晴云披絮帽，树头初日挂铜钲。
野桃含笑竹篱短，溪柳自摇沙水清。
西崦人家应最乐，煮葵烧笋饷春耕。

身世悠悠我此行，溪边委辔听溪声。
散材畏见搜林斧，疲马思闻卷旆钲。
细雨足时茶户喜，乱山深处长官清。
人间歧路知多少，试向桑田问耦耕。

读东坡的诗作，似乎很容易就会被带入作品之中，跟着诗人一起眼见耳闻、共情共感。这首诗写的是苏轼赴新城途中看到的秀丽风景和忙碌的春耕景象。整首诗轻快活泼、一步一景，读来甚觉欢畅淋漓。

这首诗最打动人的在于大量运用拟人化的修辞手法，将见到的景物写得极其生动活泼，像一个个鲜活的个体跃然纸上，和诗人展开互动。天气转晴，是因为东风知道诗人要出门，于是就把积雨声吹断。山岭上的白云像戴着棉帽，树梢上的太阳像挂着铜钲。野桃含笑，柳树飘摇，一切都显得极其鲜活、喜人。

在看到如此秀美的风景，以及看到忙碌的春耕景象后，诗人油然感叹人生悠悠，并驻足溪边听溪水声。然后以散材自喻，自嘲自己不过无用之才，就只想安然于树林间而生怕搜林之斧；以疲马自喻，抒发自己已经厌倦了官场的各种争斗，只想听到收兵的号角可以返回休息。

人间的歧路到底是什么样的？应当如何找到正确的道路，如何选择方向？许多人生抉择的问题始终困扰着我们，但只要我们身处于世俗的场域，这样的问题永远都会存在。除非归隐田间，超然避世，才能暂时脱离这些烦恼，在山林田间找到人生的真谛和快乐。等到拥有这样的心态后，这样的问题也许依然存在，但再也不能构成对我们的困扰了。

存亡惯见浑无泪
——读《过永乐文长老已卒》

初惊鹤瘦不可识，旋觉云归无处寻。
三过门间老病死。一弹指顷去来今。
存亡惯见浑无泪，乡井难忘尚有心。
欲向钱塘访圆泽，葛洪川畔待秋深。

苏轼在大部分作品中，都显得情绪饱满，常有直抒胸臆、大发感慨的词句。在这首悼亡诗中，却让人感觉到了某种克制和淡然。这份克制似乎让情感显得更加深厚和沉重。

尤其当读到“存亡惯见浑无泪”，不禁恻然。苏轼写作此诗时应该还未到不惑之年，却似乎已经历经了太多的生离死别，见过太多次亲朋离世的场景。生发出这样一份无泪的淡然，不是真无泪，而是心情过于悲戚，又感慨于生老病死是亘古轮回的规律，于是才明明很悲伤却不见落泪。

颔联从个人的生老病死引发出对生命飘忽的感慨。

这首诗大约是诗人写给文长老的第三首诗。第一首《秀州报本禅院乡僧文长老方丈》写遇见故乡的禅师内心感慨，并盛赞“师已忘言真有道”。第二首《夜至永乐文长老院文时卧病退院》写诗人深夜三更特地前往看望生病的文长老，并感慨“此身未死得重论”。没想到在很短的时间里，就从相识到见证变老、生病、逝世的过程。生命是这般飘忽脆弱，倏忽即逝。

一个人的内心，总在历经大大小小的事情的过程中不断成长和变化。有的时候，生命会在某些方面不断增加一些钝感，这份钝感看起来似乎可以抵御很多外部的伤害，就好像苏轼所讲的听闻友人逝世也不会流泪。但其实这份钝感却是来自内心一次次受伤，一次次结痂。因为人的内心本就是柔软而脆弱的，也许并没有什么天生铁石心肠的人。如果真的有，也许就是因为曾经历过更加悲伤的事情吧。

半夜寒声落画檐
——读《雪后书北台壁二首（其一）》

黄昏犹作雨纤纤，夜静无风势转严。

但觉衾裯如泼水，不知庭院已堆盐。

五更晓色来书幌，半夜寒声落画檐。

试扫北台看马耳，未随埋没有双尖。

历代诗人多喜欢用盐来喻雪，以突出雪的白净和疏松。而苏轼在这首诗中写雪，将视觉、听觉、触觉全面调动了起来，让读者仿佛真切地置身于雪景之中。先是下起绵绵细雨，寒风逐渐转停但气象萧瑟，被褥仿佛浸透了水一般特别冷，才发现庭院中已经堆满了盐一样的雪。

接下来的颈联尤为精妙。深夜里积雪反射着明晃晃的亮光照在窗帘上，就好像天亮时的曙光照耀进来。半夜里落满屋檐的除了雪和冰锥外，还有寒冷的声音。这一联诗人调动多种感官，生动地将一场深夜来雪写得十分生动和具体。

好的诗句对于一些景致和事件具有很强的点缀甚至升华的意义，以至于让人在未来某次遇到类似的景象时，不由得就会想到某句诗；或者可能会为了某句诗，穷尽努力去寻找诗中的景象。这时候，这样的诗句本身就具有了单独的生命力，甚至是脱离所描绘的事物本身，成为了一道单独的风景线。

比如在读过这首诗后，许多次在面对雪景时，我就会想到苏轼所说的庭院堆盐，想到明亮的积雪反射的光芒像天亮一样，想到落满屋檐的寒声。我想这本身也是文字与实景交融的相互加持吧，互相赋予意义并互相成全，成为两幅美好的风景。

天容海色本澄清
——读《六月二十日夜渡海》

参横斗转欲三更，苦雨终风也解晴。

云散月明谁点缀，天容海色本澄清。

空余鲁叟乘桴意，粗识轩辕奏乐声。

九死南荒吾不恨，兹游奇绝冠平生。

当经历了大半辈子的沉浮往事，尤其可能还带着许多失意的悲哀、遗憾和委屈，终于迎来曙光之时，无论是回顾往事还是看向明天，究竟会是怎样的一种心情呢？苏轼在经历了跌宕起伏的大半生，尤其是流放海南后经历了物质和精神的冲击，终于能够北归，恰如诗人所写的景象，经历了漫长的黑色，黎明即将到来，而凄风苦雨也过去了，天气即将放晴。乌云散去，月光明媚，不需要任何点缀，天空海色澄澈干净了。

除了描写一幅澄澈平静、黎明将至的景象和兴奋的心情外，颔联更重要的还是以景喻事，描绘时局。苏轼一生被奸臣和小人所作弄，经历了很多的凄风苦雨，而今终于小人下台、天空放晴。随着云散月明、天空变得澄澈，再没有其他的点缀，正如苏轼自己，本就清清白白、堂堂正正，自然也能够随着乌云散去展示出干净澄澈的面貌。

在南荒经历了那么多的艰难困苦，苏轼最终却说“吾不恨”，这肯定不仅仅是因为此行看到了冠绝平生的奇景，也许还有看到政局向好的慰藉，以及在经历那么多磨难以后变得更加的乐观而豁达了。

当我们经历了许多现实的不公和委屈，经历了许多困顿和失意，我们是否也能像苏轼一样回顾起来能够说一句“吾不恨”呢？这其实是对内心力量的极大考验，而也正是豁达、洒脱、乐观的个性才让苏轼能够不被现实压垮，反而能在困顿中振起，创作出不朽的作品。

与君世世为兄弟

——读《予以事系御史台狱，狱吏稍见侵，自度不能堪，死狱中，不得一别子由，故作二诗授狱卒梁成，以遗子由》

圣主如天万物春，小臣愚暗自亡身。
百年未满先偿债，十口无归更累人。
是处青山可埋骨，他年夜雨独伤神。
与君世世为兄弟，更结人间未了因。

每次读到苏轼的这首诗都不禁感动万分。当苏轼因乌台诗案身陷囹圄，以为难逃一死之时，他念念不忘的还是弟弟苏辙。在这首《绝笔诗》中苏轼将兄弟之情表达得极其真挚而充沛，尤其是发出了“与君世世为兄弟”的愿望。这份兄弟之情实在是令人感动。

等到对苏轼以及其兄弟事迹了解得更多以后，这首诗中最触动我的却是“他年夜雨独伤神”。“风雨对床”一直是苏轼兄弟的一个约定。在两人一起读书之时，因读到韦应物的一句“宁知风雨夜，复此对床眠”，兄弟两人便相约以后要尽早退隐，一起享受风雨对床的兄弟之乐。苏轼在早年给弟弟写赠别诗的时候还在写“寒灯相对记畴昔，夜雨何时听萧瑟”，晚年也在写“孤负当年林下意，对床夜雨听萧瑟”。然而，这终究只是兄弟两人一生可望而不可即的，是最美好的愿望和最牵挂的遗憾。

当苏轼在狱中面对死亡之时，他所想的不是自己的悲惨命运，而是牵挂着自己离去以后，弟弟面对夜雨，想到和自己的约定，岂不是会无比伤心难过？这份对弟弟的牵挂，充满了对弟弟的思念和爱惜之情。

从另一方面讲，人生如果能够拥有一份真挚而美好的感情，即便面对死亡、面对逆境，内心也能够感受到些许力量和温暖。而如果一生都没能有一份让自己挂念的感情，那无论面对再美好优渥的条件，也很难感到真正的富足和快乐吧。这让我想到了岩井俊二所写的“有一个可以想念的人，就是幸福”。

始知无尽本无灯

——读《上元过祥符僧可久房，萧然无灯火》

门前歌舞斗分朋，一室清风冷欲冰。

不把琉璃闲照佛，始知无尽本无灯。

苏轼在杭州任职期间，喜欢游历寺院，与远离世俗的和尚们交往，让自己在探索佛门道理的过程中，境界和心境也不断变化和提升。长期对佛学的浸润，使苏轼写下了许多禅理诗，并成为其诗歌中很特别而亮眼的部分。

有一年元宵之夜，苏轼独自一人拜访祥符寺的可久大师。他进入房间后却一片漆黑，只有满室清冷的风。对照外面元宵节灯火通明、歌舞升平的热闹景象，寺庙中却显得寒冷幽静。接下来，苏轼通过对景物反差对比的体悟，将“无尽灯”的佛理进一步阐释和升华。

无尽灯是佛门用语，字面意思指的是常明不灭、生生不息的佛灯。《维摩经》说：“无尽灯者，譬如一灯燃百千灯，冥者皆明，明终不尽。”《法华经》讲：“以一灯传诸灯，终至万灯皆明。”而灯代表的常是希望、智慧、光明、温暖，无尽灯代表的就是生生不息传递光明和温暖，泽惠众生。

在苏轼看来，也许真正的无尽灯本来就不是物质意义的灯，而是精神意义的灯。因为物质意义的灯无论如何维护和传递，终究有灭的可能，而如果心中始终怀揣着对外传递光明和温暖的追求，就能真正实现恒久的光亮，并且真正做到以一人之力传递和播种给无数人，最终一人传诸人，人人向上、灯火不灭。

同时，在超脱了物质意义的束缚后，诗人所求所悟在于无相无我、不染俗尘，超然物外、不着一物。这也才是真正的在内心境界中，破除束缚，扫清障碍，得道升华，恒久而立。